D1717732

Las intermitencias del deseo

MICHAEL AMHERST

LAS INTERMITENCIAS
DEL DESEO

Sobre la verdad, la bisexualidad
y el deseo

Traducción de Albert Fuentes

Título original: *Go the Way Your Blood Beats: On Truth, Bisexuality and Desire*
All rights reserved
Copyright © Michael Amherst, 2017
Published by Repeater Books, An imprint of Watkins Media Ltd
www.repeaterbooks.com

© De la traducción: Albert Fuentes
© Editorial Melusina, S.L.
www.melusina.com

Primera edición: septiembre de 2019

Diseño de cubierta: Araceli Segura

Reservados todos los derechos de esta edición

Fotocomposición: Carolina Hernández Terrazas

ISBN: 978-84-15373-74-2
Depósito legal: TF.689-2019

Impresión: Kadmos
Impreso en España

Ay, pero el poder de un hombre ha de superar lo que su mano alcanza, ¿o para qué sirve, si no, un cielo?

Robert Browning, *Andrea del Sarto*

El mejor consejo que me han dado nunca fue de un viejo amigo mío, un amigo negro, quien me dijo que hay que ir por donde late el corazón. Si no vives la única vida que te ha sido dada, no vas a vivir otra, no vivirás ninguna. Es el único consejo que se le puede dar a alguien. Y no es un consejo. Es una observación.

James Baldwin, entrevistado por Richard Goldstein, *The Village Voice*, 26 de junio de 1984.

CONTENIDO

Las intermitencias del deseo

Por un lado, soy consciente de que no tengo derecho a apropiarme de esta historia. ¿Qué puedo contar? Pero, por otro, sólo yo puedo contarla. Si esta historia no tiene otra razón de ser que nuestras relaciones, lo mucho que te echo de menos, qué significa ser la persona que soy, vivir en mi cabeza, en mi corazón y en mis manos, y cómo lograste que pudiera ver y vivir con una pizca más de claridad, esa historia sólo la puedo contar yo. Por eso, como siempre ocurre, esta historia no trata sobre ti, sino sobre mí. Y por ello te pido perdón. Pero es que no había otra forma de hacerlo.

La sexualidad va mucho más allá de con quién tenemos relaciones sexuales. La sexualidad no siempre tiene que ver con el sexo, pero el sexo siempre tiene que ver con la sexualidad.

La sexualidad puede ser una parte esencial de nuestro sentido de la identidad y del modo en que percibimos el mundo. Tanto es así que a veces llegamos a suponer que las experiencias que los demás tienen de la sexualidad han de ser idénticas a la nuestra. Voy a esforzarme en no cometer aquí ese error. Sin embargo, afirmar que la sexualidad es incognoscible —dejarnos llevar por un afán de apertura que nos permita materializar nuestro deseo por un *individuo* en particular, sin temor a que ello nos obligue a reconsiderar o reescribir nuestros deseos anteriores— me parece algo positivo. Es una apelación a algo que va más allá de la mera tolerancia. No se fundamenta en la creencia de que todos somos bisexuales, sino en que cualquiera de nosotros *podría* serlo. Esa posición asume que el amor casi siempre llega sin previo aviso. Supone creer en la observación de James Baldwin sobre el valor universal de todas las personas y que:

El amor ilumina la vida. El amor es donde la encuentras. La madurez, creo, viene marcada por la profundidad a la que uno está dispuesto a llegar para aceptar los peligros, la fuerza y la belleza del amor.[1]

En 2013, el saltador de trampolín olímpico británico Tom Daley publicó un vídeo en YouTube en el que anunciaba que mantenía una relación con un hombre.[2] Decía que le atraían tanto los hombres como las mujeres y que tan sólo quería disipar cualquier duda sobre la naturaleza de su relación. La prensa británica aseguró que había salido del armario y *Pink News*, el digital LGTB más importante de Inglaterra, tituló: «Tom Daley sale del armario. Es gay».[3] Pero a la vista estaba que no era eso lo que había dicho.

Dos semanas más tarde, Daley apareció en *Celebrity Juice*, un concurso de famosos de la cadena de televisión británica ITV. En su intercambio inicial, el presentador del concurso le preguntó a bocajarro: «¿Ahora eres gay? ¿Eres homosexual?». A lo que Daley, después de una risa incómoda, contestó que sí.

Como a cualquier persona que no encaje a la perfección en la dicotomía gay/hetero, aquel instante de duda e incomodidad de Daley me resultó familiar. ¿Acepto que «gay» sea el término general para todos aquellos que estén al margen de la heterosexualidad? ¿Me conviene dar pie a más preguntas sobre mi vida íntima? ¿Quiero, frente a una gran audiencia televisiva, en un entorno desenfadado y alegre, perturbar el ritmo del programa dando una larga y detallada explicación de mi sexualidad? ¿Digo que no es así, que soy bisexual, aun a pesar de que esa palabra tampoco describa fielmente cómo me siento? ¿Muestro mi disconformidad aun a pesar de que, en estos momentos, soy un hombre que mantiene una relación con otro hombre y, por tanto, y a todos los efectos, es plenamente pertinente que se me describa como gay? ¿O bien sopeso rápidamente la situación y decido que no merece la pena meterse en camisa de once varas y respondo, como hizo Tom Daley, afirmativamente?

Esas palabras —«gay» y «bi»— ni son neutras ni están exentas de problemas. Muchas personas consideradas bisexuales no se sienten a gusto con el término porque refuerza la idea de que la atracción ha de ser binaria, decantarse por lo uno o lo otro. Además, el término parece indicar que, para ser verdaderamente bisexual, uno ha de mostrar un riguroso equilibrio en su atracción por hombres y mujeres. Un estudio, en el que se entrevistó a estudiantes canadienses a propósito de la identificación como bisexual, reveló que éstos creían que todo lo que no fuera un reparto equitativo de la atracción y la actividad sexual indicaba una preferencia que evidenciaba la «verdadera sexualidad» del individuo.[4] Ello no sólo impone unos requisitos casi imposibles de cumplir para cualquier inclinación que no sea gay o hetero, sino que además obliga al individuo a investigar e informar de sus deseos hasta extremos que rozan lo intolerable.

Según mi experiencia, semejante a la de numerosas personas a las que generalmente se define como bisexuales, el deseo aumenta y disminuye entre los sexos. E incluso así puedo conocer a alguien que no responda a lo que normalmente considero deseable. Todo ello también plantea dudas acerca de lo que la sociedad entiende por deseo; de qué forma cada cual desea cosas distintas de distintas personas y quizá incluso de ambos sexos. Tomar conciencia de esa labilidad también puede resultar inquietante. La exigencia de identificarse como lo uno o lo otro puede dejarte en una situación de oscilación constante.

Las actitudes sociales hacia la bisexualidad presentan notables diferencias, muy especialmente en el trato distinto al que se ven enfrentados hombres y mujeres. La «mancha de homosexualidad» a menudo implica que un solo encuentro con una persona del mismo sexo pueda esgrimirse contra un hombre como prueba de que «en realidad» es gay. El hombre que se envilece al no ceñirse al paradigma masculino queda para siempre relegado a la otredad. Por otra parte, cuando una mujer tiene una relación con el mismo sexo, a menudo se interpreta dicha actividad como estímulo para el sujeto masculino. La misoginia que invade nuestra sociedad tiene como consecuencia que la sexualidad de la mujer, su misma capacidad de acción, sólo pueda considerarse a través de ese prisma. No es el deseo por el mismo sexo lo que degrada a una mujer a ojos de la sociedad, sino únicamente que rechace a los hombres.

Si no me queda más alternativa que utilizar una palabra, prefiero que sea *queer*. Con ella, puedo hacer patente mi exclusión con respecto a la heterosexualidad exclusiva, sin definir con seguridad dónde queda mi sexualidad entre las variantes hetero, bi y gay. Es un reconocimiento, pero también me permite negarme a esa fiscalización de mis relaciones pasadas en busca de mi orientación «real».

Cuando los alumnos de mi facultad exigieron que se añadiera la h de hetero al acrónimo lgtbq, mi tutor les preguntó qué necesidad había de hacerlo si la q puede incluirlo todo. Esa definición de queer —como un término general e inclusivo para todos aquellos que por un motivo u otro no se ciñen a la norma— cuenta con todo mi apoyo. Me gusta que pueda incluir a heteros que se niegan a aceptar la existencia de una supuesta «otredad» o mantienen relaciones heterosexuales que la gente convencional entiende como desviadas. Es un detalle que me parece importante. No sólo permite derribar las barreras de la «otredad», sino que además apunta a un futuro que podría ser genuinamente inclusivo.

En cambio, cuando Maggie Nelson se molesta porque algunos hombres blancos heterosexuales, al hablar de sus propias obras, afirman que son queer, hasta el punto de preguntarse «¿Es que tenéis que quedaros con todo?», mi reacción es distinta.[5] No me convence que esos hombres blancos y heteros definan su obra como queer, pero que esos mismos hombres se describan *a sí mismos* como queer me parece una victoria. Se rechaza la distinción del sexo heterosexual y cualquier juicio de valor intrínseco sobre el mismo. Lo queer es una negación de los términos de la pregunta, una refutación de su validez. Si te preguntan «¿Eres gay?», «¿Eres bi?», «¿Eres hetero?», respondiendo que eres queer no cedes ni un centímetro de terreno. Se trata de un término inclusivo para cualquier persona que perciba la irrealidad de la sexualidad binaria.

Es un negarse a hablar. No por vergüenza. Pero es un negarse a hablar, a confirmar algo que desconozco, algo que no puedo saber. Una negativa porque ni importa ni debería importar; una negativa porque, en definitiva, no es asunto tuyo.

El día después de su participación en *Celebrity Juice*, los periódicos de tirada nacional informaron de que, pasadas dos semanas de haber manifestado que le atraían los hombres y las mujeres, Daley «ya» había confesado que en realidad era gay. *En realidad* era gay. *The Daily Star* publicó: «Tom Daley es gay, no bisexual como dijo en YouTube», con el subtítulo: «El medallista olímpico de saltos de trampolín confirma que ya no le gustan las mujeres».[6] Más vehemente fue *Pink News*, que publicó el titular: «Tom Daley: Sin duda soy gay, no bisexual»; y en el interior de la noticia: «Explicando por qué insinuó inicialmente que era bisexual, Daley afirmó: "Salí del armario en YouTube porque quería decir lo que quería decir sin que nadie tergiversara mis palabras"».[7] Pero esos titulares eran una burda invención. Daley no se refirió en ningún momento a su atracción por las mujeres ni tampoco empleó los términos gay o bisexual. Su respuesta no fue una «explicación» a por qué «insinuó inicialmente que era bisexual»; era lo que respondió cuando le preguntaron por qué había recurrido a YouTube para anunciar su relación.

Al cabo de año y medio, Daley declaró en una entrevista concedida a *The Guardian* que todavía le atraían hombres y mujeres.[8] Cuando le preguntaron si se consideraba bisexual, respondió: «No quiero ponerme etiquetas porque ahora estoy teniendo una relación con un chico, pero las chicas todavía me despiertan sentimientos sexuales». A continuación, comentó que su pareja, Dustin Lance Black, también sentía atracción por el sexo opuesto, aunque se identificaba como gay. Sin embargo, en esta ocasión, no hubo ningún escándalo mediático. Tanto es así que el propio *The Guardian* eligió el titular: «Tom

Daley: Siempre he sabido que me atraían los chicos», por si acaso alguien tenía todavía alguna duda sobre cómo encasillar al saltador olímpico.

Aun así, si regresamos al mensaje de vídeo con el que empezó todo, Daley en ningún momento se etiqueta como gay o bisexual; no caracteriza la relación que mantiene como «gay»; no emplea la expresión «salir del armario». En vez de ello, simplemente deja claro que quiere ser honesto sobre su relación actual, que no desea que se distorsionen sus declaraciones ni que la gente lo etiquete, lo cual es quizá lo más importante de todo. Las noticias que publicaron los periódicos eran una ficción en la que se tergiversaban sus palabras o se sacaban de contexto, todo ello con la intención de dar satisfacción a un discurso que exigía que se identificara como gay.

El derecho a definirnos tal y como somos, en toda nuestra infinita variedad, y no como nos ven los demás, es el combate de nuestras vidas. Fue el combate de Baldwin, contra etiquetas o identidades que se le antojaban reduccionistas con respecto a su experiencia, además de una negación de la dignidad humana que merecemos todos. Es un combate por el reconocimiento de nuestro valor humano universal.

Al principio sólo luchaba por la seguridad, o por el dinero. Luego luché por conseguir que me mirases. Porque no nací para ser lo que otra persona dijera de mí. No nací para que otros me definieran, sino yo mismo, sólo yo.⁹

El concepto de identidad como algo que se comparte en vez de algo personal es relativamente nuevo. En la edición de 2016 de las Reith Lectures que organiza la BBC, Kwame Anthony Appiah propuso el ejemplo de Rosamond en *Middlemarch* de

George Eliot, personaje que «estuvo a punto de perder el sentido de su identidad» al descubrir que el hombre al que ama está enamorado de otra.[10] Esa identidad es eminentemente personal, sostiene Appiah, mientras que hoy, sin embargo, lo que entendemos por identidad —nacionalidad, raza, religión, sexualidad— se compone de características compartidas con muchas otras personas: es un concepto social. Aun así, tal y como se afirma en el ciclo de conferencias, esos rasgos a menudo presentan en su construcción una función excluyente además de inclusiva. Al construir un sentido compartido de lo que somos, codificamos esos rasgos que juzgamos indeseables o distintos de nosotros mismos.

Aun siendo consciente del riesgo de que, en esa negativa a identificarnos, estemos renegando de la solidaridad con los demás —una sospecha de que, en el fondo, somos culpables de nuestra propia forma de homofobia—, las identidades modernas, además de compartirse socialmente, también pueden imponerse. Pueden convertirse en un *imperativo* a etiquetar e identificar que termina imponiendo identidades a individuos que no las han elegido. Esa dinámica es el resultado de un juego de conjeturas que no acierta a describir la integridad de la realidad vivida del individuo en cuestión.

En 2014, tras varios años de especulaciones, el nadador olímpico Ian Thorpe le dijo a Michael Parkinson que era gay.[11] Dicha afirmación se contradecía con varios desmentidos que Thorpe había hecho públicos en años anteriores, incluida su autobiografía *This Is Me*. Ciertos sectores de la prensa escrita se ensañaron en sus críticas al tiempo que se ufanaban de haber tenido razón desde el principio. Pero, ¿qué puede significar «tener razón» en este caso? ¿Y qué significa «saber»?

Gran parte de las especulaciones sobre Thorpe se las debemos a periodistas heteros que no tenían nada que perder y sí mucho que ganar llenando columnas en los periódicos. Hay algo profundamente homófobo en una cultura que, tras siglos persiguiendo a las personas queer, ahora exige que nos justifiquemos ante esas mismas personas que no tienen nada que perder y que lo hagamos, por si fuera poco, cuando y como a ellas les parezca conveniente. En esa exigencia se advierte la persistencia de un tratamiento diferenciado que se disfraza, sin embargo, de tolerancia. Aun cuando Thorpe reconozca que se quitó un peso de encima y se siente más libre desde que concedió la entrevista, a nadie se le escapa que, a diferencia de sus hostigadores, tenía algo que perder cuando le dijo a Parkinson: «Supongo que pensé en todo lo que me gustaría tener en mi vida, formar una familia, por ejemplo. Era muy joven e intentaba serlo todo para todo el mundo sin tener la confianza de conformarme con ser yo mismo».

El temor de Thorpe a contarle a sus padres su lucha contra la depresión presenta un paralelismo implícito con el temor y los posibles perjuicios que acarrea revelar una sexualidad no normativa:[12]

Sé cómo va a reaccionar mamá. Llorará, me preguntará por qué no se lo había contado antes, y al final me dirá lo orgullosa que está de que por fin haya dado el paso. Con papá será otro cantar. No estoy seguro de cómo se lo va a tomar. Sé que le costará un tiempo asimilarlo y encajarlo en sus creencias religiosas. Espero que lo consiga, porque la familia es muy importante para mí. Una vez me dijo que le parecía que me había perdido como hijo [cuando Thorpe tenía quince años y estaba compitiendo a nivel internacional]. Espero que, con mi sinceridad, pueda tener la impresión de que me ha recuperado.

Creo que no debería ser motivo de controversia el insinuar que la aceptación de ser queer puede acarrearle a uno perjuicios. Me temo, sin embargo, que el deseo de proyectar las bondades de una vivencia gay nos tiene tan subyugados que resulta inadmisible afirmar tal cosa. Las estructuras que, en el seno de nuestra sociedad, imponen sobre todos nosotros ciertas expectativas heteronormativas constituyen nuestra realidad vivida. Ni podemos ni debemos negarlo. Thorpe apunta a ello cuando escribe que «la familia es muy importante para mí» y desconoce cómo reaccionará su padre a su depresión y «cómo lo encajará en sus creencias religiosas».

Entiendo al nadador e identifico temas parecidos en mi propia experiencia. Existe un conflicto entre la lógica que me permite descartar ciertos aspectos de los valores y la fe religiosa de mis padres, que durante un tiempo fueron discriminatorios de mi deseo por el mismo sexo, y el aceptar la realidad emotiva de ser su hijo y desear su amor y aceptación. Asimismo, pueden existir muchas formas distintas de que las parejas del mismo sexo formen familias y eduquen a sus hijos. Pero no puedo negar el torrente de amor y asombro que siento cuando veo a los hijos de mi hermana y reconozco en ellos la cara y los gestos de nuestro difunto padre. Sí, hay gran riqueza y diversidad en las vidas queer, y ofrecen otras formas de existencia, amor y crianza de los hijos. Pero ello no debería llevarnos a negar la melancolía por una vida que no puede vivirse.

Un estudio en el *Journal of Bisexuality* examinó el fenómeno de quienes inicialmente salen del armario como bisexuales aun sabiendo que son gay.[13] El autor, Nicholas Guittar, descubrió que los participantes en el estudio no temían las identidades LGBQ, sino que más bien mostraban el deseo de «aferrarse a las convenciones heteronormativas». Su falsa identificación como bisexuales no se debía tanto a una homofobia interiorizada cuanto a una heteronormatividad también interiorizada; el deseo de no quebrantar las expectativas normativas. Esas expectativas pueden deberse a las presiones que ejerce la familia y ser, por lo tanto, externas, o bien pueden ser interiores e íntimas. En cualquier caso, esas presiones existen. Sin embargo, lo que descubrió Guittar fue que salir del armario como bisexual, lejos de mitigar la supuesta «decepción» social de amigos y seres queridos, tenía para quienes se habían identificado erróneamente como bisexuales el efecto de verse sometidos a nuevas presiones. A los participantes en el estudio se les decía «es una fase», «mejor que te decantes por un solo sexo», «sólo quería que eligieras», «no puedes ser las dos cosas. No funcionará… Al final tendrás que elegir un camino».

Los resultados son ilustrativos de la diferencia entre una sexualidad pública y otra privada en el sentido de que «las identidades públicas no siempre se alinean con las sexualidades privadas». Parece razonable afirmar que esa diferencia se debe a la suma de homofobia social y lo que el estudio identifica como heteronormatividad interiorizada. Pero Baldwin apuntaría que las cosas no están tan claras: la idea de una sexualidad pública es una exigencia planteada exclusivamente a quienes se salen de las conductas normativas. Si aspiramos a una auténtica liberación, convendría hacerle caso a Baldwin y entender que todos merecemos intimidad, poder vivir nuestras vidas sin temor a que nos vigilen con lupa o a ser perseguidos por nuestras conductas.

El informe concluye que la descripción de la bisexualidad como identidad de transición refuerza los estereotipos nocivos que perjudican a los bisexuales y fomenta la idea de que no se trata de una «auténtica identidad sexual». Asimismo, el hecho de que algunos hombres y mujeres homosexuales se hayan servido de la bisexualidad como una identidad de transición ha tenido el efecto de que algunos de esos hombres y mujeres supongan que ese es también el caso para los demás.

El cliché de «ahora bi, gay después» se basa en varias suposiciones infundadas acerca de la sexualidad. En un artículo, por lo demás honesto y generoso, de Owen Jones publicado en *The Guardian*, no pude menos que poner el grito en el cielo al leer una frase. Al referirse a los prejuicios que se dan entre los hombres homosexuales, Jones escribía: «A veces empiezan saliendo del armario como bisexuales (alimentando esa idea de que "ahora bi, gay después" para gran disgusto de los bisexuales auténticos), con la esperanza de que mantener un pie en el mundo hetero pueda ayudarles a conservar cierta normalidad».[14]

Al decir que «a veces empiezan saliendo del armario como bisexuales», Jones sostiene el discurso de que la sexualidad es un viaje con un punto de destino. En su ejemplo, se da por supuesto que si un hombre o una mujer homosexual afirmaron en un momento anterior de sus vidas que eran bisexuales estaban mintiendo en cualquier caso, pues la única sexualidad genuina es la que uno adopta al final. Ese es el punto final del trayecto. De este modo, se da pábulo a la idea de que la sexualidad es una verdad objetiva («bisexuales auténticos»); por tanto, si empiezas saliendo del armario como bisexual pero al cabo de un tiempo te identificas como gay, entonces es que no fuiste sincero en un primer momento. Este problema se ve exacerbado por el empleo de expresiones como «salir del armario», que equivalen a una revelación pública de una verdad inamovible, negada hasta ese momento.

La afirmación de Jones parte de la suposición —también ampliamente aceptada— de que cualquier persona cuya sexualidad experimente cambios superada cierta edad tiene que haber vivido en cierta medida engañándose a sí misma. Esas personas tardan en reconocer la «verdad», la «realidad», de su sexualidad. Con ello no pretendo desestimar el testimonio de quienes hayan tenido exactamente esa experiencia en sus vidas. (Si bien el psicoanálisis nos ha enseñado a desconfiar de los relatos que redefinen de arriba abajo nuestro pasado para adecuarlo a nuestros intereses presentes.) Sin embargo, aplicar esa lectura de forma simplista a todas aquellas personas que pasan de una relación heterosexual a una homosexual, o viceversa, alimenta la falacia de que la sexualidad es un dato objetivo e invariable que hay que revelar. Además de negar la verdad de la experiencia vivida de alguien, también desdeñamos sus relaciones pasadas y quizá los hijos que hayan nacido de esas relaciones, considerándolos parte de una vida falsa anterior.

George Michael, por ejemplo, llamó a Kathy Yeung «novia con todas las letras» y nunca negó haber sido bisexual en una etapa anterior de su vida.[15] En declaraciones a la revista *GQ* en 2004, Michael dijo que, si no estuviera con quien entonces era su pareja, mantendría relaciones sexuales con mujeres. Sin embargo, se identificó como gay y detalló sus muy personales distinciones entre identidad y deseo: «Nunca podría tener una relación con una mujer porque me sentiría falso. Mi idea de la sexualidad tiene que ver con quién formas pareja, y nunca me emparejaría con una mujer en una relación estable. Desde el punto de vista emocional, soy sin duda gay».

Es muy fácil que la bisexualidad quede borrada en una relación larga. En tales casos, la confusión o fluidez de tiempos anteriores parece perder toda relevancia. Se presume que el individuo se ha reconciliado con el género de la persona con la que mantenga la relación en ese momento. A ello se le suma la presunción de que cualquier relación anterior con personas del otro género no fue más que una fase ya superada. Ello supone confundir una vida asentada y una relación estable con el abandono de la bisexualidad.

A medida que pasan los años, vamos tomando decisiones y forjando vínculos que van dando sentido a nuestras vidas. Pero no es menos cierto que puede resultarnos cada vez más difícil apartarnos de una vida que ya conocemos. Así pues, la bisexualidad es a veces vista como una mera experimentación de juventud. Pero eso supone confundir lo que es simple conveniencia pública con un conocimiento interior. Ya sea que vivas en un matrimonio heterosexual y seas el representante de la asociación de padres en la escuela de tus hijos o vivas en una relación homosexual y pases las vacaciones en compañía de otras parejas homosexuales, si tu círculo de amistades y conocidos se compone casi exclusivamente de personas gay o hetero, entonces puede resultarte difícil conocer a alguien fuera de esos ambientes, a lo que hay que añadir el riesgo de verte rechazado. Las divisiones artificiales entre distintas formas de vida pueden volver más complicado si cabe satisfacer esas otras facetas de nosotros mismos a medida que nos vamos haciendo mayores y tenemos más que perder. Con la mayor inclusión de las personas homosexuales en las comunidades *mainstream*, así como la aceptación de un mayor número de formas de vivir, todo parece apuntar a que la situación está cambiando también en ese sentido.

Si te atraen ambos sexos y, con toda probabilidad, esa atracción se presenta en distintos grados y se da con respecto a personas distintas según en qué momento, entonces tu sexualidad, más que estar fijada o centrada en un determinado sexo, quizá lo esté en la persona en concreto. De ahí que, si bien la sexualidad puede constituir un lugar de certidumbre inamovible para algunas personas, no tiene por qué ser así para todo el mundo. La sexualidad puede presentarse como una forma de confusión radical. Sin embargo, el lenguaje en torno a la sexualidad está cargado de ideas acerca de lo auténtico, lo real y lo verdadero. Cuando la sociedad insiste en un concepto dicotómico de la sexualidad, ¿cómo vas a cumplir con el discurso popular? ¿Sabiendo, o diciendo, cuál de esas atracciones que sientes es «real» o «más real» que las demás?

La creencia en que la sexualidad es en todo momento un dato crudo, estático e invariable alimenta recelos y discriminaciones, en vez de motivar curiosidad, apertura de miras y aceptación.

Lejos de ser un terreno intermedio más agradecido como sostienen algunos críticos de la bisexualidad, el estudio anterior demuestra que a quienes no se prestan a manifestar una sexualidad exclusiva, sea gay o hetero, a menudo se les censura por ello hasta que se avienen a hacerlo. Guittar también descubrió que la bisexualidad, en tanto que incluye la atracción por el propio sexo, es vista por muchos como un mero equivalente de la homosexualidad.

Me pregunto si el estudio omite la posibilidad de que los participantes, al reivindicar una identidad bisexual, estuvieran reclamando también una posición menos excepcional y un mayor grado de discreción sobre sus vidas. El *mainstream* heteronormativo, como apunta Guittar, se beneficia precisamente de ello. La decisión de revelar una identidad bisexual «resultó estar basada en ideas erróneas acerca de lo que la familia o círculo de amistades del interesado podría aceptar. En última instancia, familiares y amigos a menudo empujaban al individuo a uno de los dos extremos del espectro». No sólo le reclamaban una sexualidad que se amoldara a la idea actual de que ésta debe ser binaria, sino que además le imponían una sexualidad que se mostrara más concreta que la potencial labilidad propia de la bisexualidad. Quizá ello guarde relación con una comprensión rígida de la sexualidad según la cual el deseo por el mismo sexo se percibiría como algo distinto e independiente. Tal y como observa Appiah con respecto a cualquier expresión de identidad, la validación que buscamos en un sentir íntimo compartido con otros también se fundamenta en excluir a aquellas personas cuya comunión aspiramos a desacreditar. Queremos delimitar un *ellos* categorial que sea diferente de *nosotros*.

Las expresiones que utilizamos para hablar de la sexualidad están cargadas de desconfianza, lo que quizá sea sintomático de su origen en el confesionario, tal y como observó Michel Foucault.[16] Los famosos gay o bisexuales «confiesan» o «reconocen»; «revelan» su condición o «finalmente admiten la verdad». Esto quedó de manifiesto en las informaciones publicadas sobre Thorpe, de quien se dijo que había «reconocido finalmente» su sexualidad. Las noticias sobre Daley también confirman la teoría foucaultiana acerca de los sistemas de poder, que prescriben la experiencia en vez de describirla, pues los periodistas clamaron por identificar a Daley sirviéndose de palabras contrarias a las que éste había empleado.

La discriminación y resultante deshonra de la que es objeto la atracción por el mismo sexo ha dado lugar a un lenguaje en el que siempre se da por supuesto que la homosexualidad va de la mano de la negación. Ello deriva en las desagradables actitudes que observamos en nuestras sociedades cuando se denuncian simultáneamente la supuesta homosexualidad de alguien y la negación de la misma en una aparente demostración de tolerancia, una exhibición de músculo progresista. Sin embargo, también podemos ver en ello una forma sutil de intolerancia, ya que, si la sexualidad de un individuo realmente no importara, ¿por qué nos sentimos en la obligación de pedirle explicaciones? También constituye una demostración de una supuesta superioridad psicológica e intelectual sobre el destinatario, y la presunción de una mala fe casi constante y universal. Nada es lo que parece, todo es índice de represión. Esa perspectiva, aplicada a la vivencia individual, resulta reduccionista y presupone que la deshonra asociada al deseo homosexual está tan arraigada que, si queremos comprender los actos de un individuo en esa tesitura, bastará con considerar una combinación de deseo y vergüenza.

Después de que Daley publicara su declaración en You-Tube, Dom Joly escribió para *The Independent*: «No creo que nadie se llevara una gran sorpresa. La verdad es que, cuando le conocí personalmente, me dio la sensación de que nunca habría una señora Daley en su vida». Cabe interrogarse sobre la necesidad de escribir algo así. Para empezar, nada de lo que dijo Daley en ese momento, ni tampoco con posterioridad, permitía suponer que negara su atracción por las mujeres. La afirmación de Joly es, en consecuencia, una grotesca insolencia. Aun así, mucha gente, al igual que Joly, siente la necesidad de demostrar que *lo sabe todo*. Pero, ¿qué es lo que creen saber?

Joly continuaba así su artículo: «Daley dejó un resquicio para la esperanza a las legiones de sus seguidoras al asegurar: "Todavía me gustan las chicas, obviamente..." He de decir que, para mí, eso no tenía nada de obvio. Da lo mismo, espero que haya obtenido la respuesta que esperaba y esté feliz con su vida». ¡Nótese cómo la coletilla «da lo mismo» lo dice todo! Joly afirma que las palabras de Daley no tenían, para él, «nada de obvio», aunque la intuición que tuvo al conocerlo le parezca digna de reproducirse en las páginas de un periódico con el marchamo de la verdad. En estas frases, Joly se arroga un saber: tiene una visión mucho más profunda de la verdad del deseo de Daley, más certera que el relato del interesado y la comprensión que éste tiene de sí mismo. Sin embargo, Joly procura disimular enseguida la arrogancia de su gesto lanzando un «da lo mismo» con el que pretende demostrar que en el fondo le da igual, con la evidente salvedad de que la cuestión le importa lo suficiente como para haber escrito una columna en un periódico de tirada nacional, cobrar la minuta y hacer públicas sus dudas sobre la sinceridad de Daley. Sin embargo, aun a pesar del «da lo mismo», aun a pesar de haberse esforzado en transmitir que el tema ni le va ni le viene, el hecho es que Joly está llamando mentiroso a Daley.

Nos hallamos, una vez más, ante la fiscalización que ejerce el mundo heterosexual. En tanto que hombre casado con hijos que no ha tenido que lidiar en primera persona con la delicada cuestión de la homofobia social, ¿por qué Joly tiene el menor interés en la sexualidad de Daley? Vuelvo a preguntarlo: ¿qué significa *saber*? ¿Y en qué se basa ese saber?

Thorpe comentó varias veces, tanto antes como después de salir del armario, que las especulaciones de los medios de comunicación se debían en gran medida al hecho de que no cumplía con las expectativas que suelen depositarse en un deportista hetero. Es difícil no ver que esas especulaciones se debían a formas sutiles de discriminación. Por lo general, ese *saber* se fundamenta en vetustos estereotipos. Tanto en el caso de los hombres como en el de las mujeres, puede tratarse del tono de voz, los gestos o alguna afectación. En cuanto a Thorpe, se trató de su interés por la cultura y la moda, como si dicho interés no pudiera ser universal y tuviera que considerarse necesariamente sospechoso. Esos juicios se fundamentan sobre todo en la adhesión a determinados roles de género.

Si desde el colectivo queer miramos hacia otro lado, si quienes perseguimos una sociedad basada en la dignidad humana universal y no en las divisiones más penosas permitimos que todo esto ocurra, si pretextamos que esas demostraciones de arrogancia y especulaciones no tienen importancia porque ni Daley ni Thorpe son heteros, entonces cedemos un terreno abonado por los homófobos. Si Joly y otras voces creen de veras que no hay nada malo en ser gay o queer, entonces, ¿qué necesidad tienen de rasgarse las vestiduras? ¿Por qué necesitan que se les reconozca una perspicacia tan aguda que incluso pueden discernir tales situaciones, a veces antes que los propios interesados? Por último, si a todo el mundo le diera igual, entonces nadie tendría la necesidad de ponerse a especular, de someter a Daley o Thorpe, entre otros, al imperativo de identificarse tanto en público como de una forma que se ajustara a las suposiciones de esos policías de la moral. Por cada hombre o mujer que se ajusta a los apriorismos corrientes sobre la homosexualidad, hay hombres y mujeres heterosexuales que, sin embargo, ven puesta en tela de juicio su identidad por no parecerlo en grado suficiente, como también encontraremos personas queer que tienen que oír cómo se les dice: «Es que no podía imaginármelo». Deberíamos preguntarnos si esas afirmaciones están basadas en la generosidad y el amor, o si hay en ellas un matiz discriminatorio y prejuicioso sobre la capacidad de un individuo de representar con éxito una *alteridad.*

Desde luego, todos nos movemos por prejuicios, quien más quien menos se acomoda a formas perezosas de pensamiento. El problema es cuando tomamos esos pensamientos perezosos por hechos incontrovertibles o, peor todavía, decidimos que merecen ser proclamados a los cuatro vientos.

Siempre fuiste mucho más valiente que yo. Como esa noche que saliste con un amigo, y dos tipos te pararon en la calle para preguntarte cómo se llegaba a un sitio. Sacaste el móvil y les enseñaste el mapa, les dijiste que no estaban muy lejos e incluso te ofreciste a acompañarles. Entonces, tú y tu amigo os disteis la vuelta para marcharos y, después de alejaros unos pasos por la calle, uno de ellos os gritó: «Eh, tíos. ¿Sois maricas?». Tú te volviste, les hiciste una peineta y les gritaste: «¿Sabes lo que te digo? ¡Pues sí!».

El acoso homófobo es la expresión violenta de una presunción. Presume un saber sobre una persona, para luego presumir lo que ese saber ha de significar. Por último, ese significado es el que reclama una respuesta violenta. En definitiva, esa forma de acoso presume una superioridad basada en todas esas presunciones previas. Pero todo lo que podamos presumir sobre la sexualidad de alguien constituye una forma de violencia. En realidad, son presunciones sobre nosotros mismos, como presumimos también el significado de todas esas conjeturas.

Rechazo la idea de que le debamos al mundo una versión de nosotros mismos hecha de concesiones. Maggie Nelson lo expresa atinadamente cuando aboga por rehusar «aceptar los términos o foros que suenan más a renuncia o distorsión que a expresión espontánea».

Nadie negará que forzar el cajón del escritorio de alguien para rebuscar en su diario es un acto inmoral. Espigar lo que uno ha encontrado en sus páginas y divulgarlo por el mundo entero supone un gravísimo atentado contra la intimidad. Leer apenas una página y, sin embargo, hacer suposiciones sobre quien la escribió para luego difundirlas no sólo supone un atentado contra la intimidad, sino también negarle a la persona vulnerada su capacidad de acción, dado que la pones en una situación odiosa en la que tan sólo tiene dos opciones: o bien acepta la distorsión limitada que has propagado o bien la desmiente, pero al precio de vulnerar aún más su propia intimidad, pues tendrá que abrir su diario y permitir que el mundo lea todo lo que hay escrito en sus páginas. Sin embargo, por incomprensible que parezca, hacer todas esas presunciones sin tener que molestarse en forzar el escritorio parece aceptable.

Esa presunción nos arrebata nuestra capacidad de acción, tanto para con nosotros mismos como para describirnos nuestras experiencias. Ese es mi combate: definirme y no aceptar las distorsiones de los demás. Pero en cierto modo no deja de ser el mismo combate: porque la presunción sobre lo que soy y lo que ello significa está anclada en la misma presunción que hace de nuestro mundo un lugar inseguro, la presunción de que somos *otredad*, la presunción que nos grita: «Eh, tíos. ¿Sois maricas?».

Baldwin sostenía que la homosexualidad es universal. O por lo menos que hacer esa distinción suponía un menoscabo para nuestra humanidad compartida. «No hay nada en mí que no resida también en todas las demás personas, y nada en todos los demás que no resida también en mí. Estamos atrapados en el lenguaje, por supuesto. Pero "homosexual" no es un sustantivo». Baldwin dice a continuación que la descomposición de la sexualidad en dos categorías supone una división artificial: «Los hombres continuarán acostándose juntos cuando suenen las trompetas del Apocalipsis. Sólo una cultura tan infantil como la nuestra pudo armar semejante escándalo por algo así».

En una de sus últimas entrevistas, Baldwin le dice a Richard Goldstein que la palabra *gay* siempre le ha resultado incómoda; no la empleaba para referirse a sí mismo, en parte porque no sabía qué significado trasladaba. Ante todo, Baldwin hacía hincapié en lo personal con respecto a la sexualidad y que ello —el hecho de que fuera personal— también debería hacerla íntima. No se trataba de esconderla, pero sí de que fuera íntima. Ello no suponía un abandono de su responsabilidad hacia las personas gay o «ese fenómeno que denominamos *gay*», porque en este aspecto, como tantos otros, Baldwin se sentía llamado a actuar como testigo. Con todo, Baldwin afirmaría en esa misma entrevista que la publicación de su primera novela, *La habitación de Giovanni*, en 1959, fue una forma de «anunciar al público que tenía una vida privada».

A lo largo de toda la entrevista, Baldwin señala reiteradamente que no cree en la categorización de la sexualidad. Además de cuestionar el concepto *gay*, también afirma que la única palabra de la que disponía era *homosexual* y que no le parecía que describiera bien su experiencia. Después de afirmar que *homosexual* no es un sustantivo, señala que la categoría gramatical que encajaría mejor con el concepto sería la de verbo. Habla de las personas «llamadas» heterosexuales y de forma expresa prefiere referirse a la *preferencia* en vez de a la identidad sexual. A Goldstein le cuesta seguirle, lo que termina dando pie a un intercambio final un tanto desagradable.

BALDWIN: He amado y he sido amado varias veces. No tenía nada que ver con esas etiquetas. Obviamente, el mundo tiene todo tipo de palabras para referirse a nosotros. Pero eso es problema del mundo, no mío.

GOLDSTEIN: ¿Le resulta problemática la idea de mantener relaciones sexuales solamente con personas que son identificadas como gay?

BALDWIN: Bueno, verá, mi vida no ha sido así en absoluto. Mis amantes nunca fueron… En fin, la palabra *gay* no habría significado nada para ellos.

GOLDSTEIN: Quiere decir que se movían en el mundo hetero.

BALDWIN: Se movían en el mundo y punto.

Si bien Baldwin acepta que el «mundo gay» ha surgido en respuesta a la opresión y saluda que pueda hacer la vida más sencilla para los hombres y mujeres homosexuales, cuestiona en última instancia su utilidad, pues considera que impone una limitación innecesaria. «Me parece que todo es más sencillo. Un hombre es un hombre, una mujer es una mujer, y con quien se acuesten no le incumbe a nadie salvo a ellos mismos. Supongo que lo que digo en el fondo es que la preferencia sexual de cada cual es un asunto privado».

El objetivo que se plantea Baldwin es la libertad y la justicia. Al comparar esa lucha con aquella que perseguía la igualdad racial, sostiene que es un error responder en el lenguaje del enemigo. «Mientras responda como *nigger*, mientras denuncie mi situación basándome en las pruebas y presunciones que esgrimen los demás, no estaré sino reforzando esas mismas presunciones». En definitiva, Baldwin tiene la esperanza de que el término *gay* deje algún día de ser necesario o siquiera empleado, ya que «obedece a un razonamiento falso, a una acusación falsa». Se trata de la acusación que lanza la sociedad contra nuestra patología, según la cual nuestra sexualidad nos convertiría en una especie distinta de humanos. Se presumen unas categorías basadas en la preferencia sexual y la sociedad se arroga el *derecho a saber* en cuál de esas categorías entramos tú o yo. Esa presunción resulta manifiestamente discriminatoria. Con Baldwin, niego la validez de la pregunta. Digo que no tengo nada que demostrar. «El mundo también me pertenece a mí.»

En su entrevista con Parkinson, Thorpe dice que, si no le hubieran preguntado por su sexualidad desde tan joven y con una insistencia que rozaba lo obsesivo, quizá no habría tardado tanto en sentirse a gusto en ese aspecto de la vida. Las presunciones no sólo le niegan al afectado su capacidad de acción; le imponen, además, un conocimiento que o bien es falso o bien le resulta inaccesible. En cualquier caso, se trata de una imposición violenta que tiene efectos incapacitantes. Se presume un conocimiento sobre los demás que no puede tenerse. Pues la sexualidad se compone de muchísimas cosas distintas, entre ellas las fantasías y lo reprimido. Y esas cosas no resultan accesibles para los demás.

No podemos conocer la totalidad de la sexualidad de alguien, en parte porque no es algo que se pueda conocer.

En un análisis de *Otelo*, Adam Phillips se refiere a la incomprensión con que Brabancio, padre de Desdémona, recibe la noticia de que ésta ha elegido al moro de Venecia como marido y describe dicha incomprensión como una incapacidad para «captar la idea».[17] Phillips apunta que la idea de que podemos conocernos a nosotros mismos y a los otros es una fantasía necesaria para el desarrollo de la personalidad, una fantasía que resulta en la «transferencia» de ese conocimiento ilusorio a los demás como medio para abrir la posibilidad y la libertad de no conocerlos. «El psicoanálisis, como tratamiento, es la oportunidad de recuperar la libertad de no conocer o ser conocido», y con esa libertad llega la posibilidad de descubrir qué podríamos hacer juntos una vez despejado ese conocimiento ilusorio. Phillips cita un texto de Stanley Cavell sobre *Otelo*, en el que se habla de la transformación del conocimiento en reconocimiento. De forma muy parecida, no podemos «conocer» la sexualidad de los demás o de nosotros mismos «en parte, porque nadie conoce la suya propia; en parte, porque no es algo que se pueda conocer». Si una de las funciones del psicoanálisis es restablecer la separación entre sexo y saber, entonces la sexualidad no es algo que uno pueda conocer, sino simplemente reconocer. En vez de conocerla, quizá lo máximo a lo que quepa aspirar es a alcanzar una comprensión que se irá renovando de forma incesante a través de la experiencia. Phillips se suma a Baldwin cuando apunta que hay algo intrínsecamente anómalo en nuestra obsesión cultural por «conocer» la sexualidad de los demás.

Sólo un mundo que haya priorizado el saber necesitará prestar una atención tan desmesurada a lo único que no podemos conocer de alguien. De quién se enamoren sus hijos no es algo a lo que los padres hayan de encontrarle mucho sentido.

Thorpe fue llamado a capítulo por afirmar en su autobiografía que a menudo se le «acusaba de ser gay». No estoy de acuerdo con quienes interpretan esa frase como una forma implícita de decir que la homosexualidad es algo negativo, una acusación. Las reiteradas preguntas acerca de su sexualidad, las historias que sobre él se publicaban y que no coincidían con cómo se narraba él mismo sus vivencias, *eso* era la acusación. Cuando esas voces aseguraban que Thorpe era gay, lo que hacían era deslizar que se trataba de una persona deshonesta o que, en todo caso, carecía de una comprensión de sí mismo que resultaba evidente a ojos de los demás. Sin embargo, con ello no sólo se presume que la sexualidad es una verdad inmutable, sino también que se trata de algo que se puede conocer. Es más, no sólo que podemos *conocer* algo así sobre nosotros mismos, sino que, además, cuando conseguimos conocerlo, podemos también *comprenderlo*, identificarlo en su sentido. El hecho de que Thorpe afirmara años después que «la mentira se había hecho demasiado grande» no desmiente su afirmación de que había dicho la verdad en un primer momento. Es posible que estuviera respondiendo con sinceridad en esa etapa de su vida y que más adelante se convirtiera en rehén de esas respuestas previas, cuando comenzó a comprender lo que sabía. No nos creemos tan perspicaces cuando se trata de acceder a otros aspectos de la psique humana.

Cuando tenía catorce años, la BBC emitió una adaptación de *El mundo en que vivimos* de Anthony Trollope. El protagonista romántico, Paul Montague, era interpretado por Cillian Murphy. No se trataba de un personaje interesante, ahora que lo pienso, pero cuando mi hermana me preguntó qué regalo quería ese año por mi cumpleaños me mostré inflexible: quería el sombrero de explorador, en terso cuero, que lucía Montague en la serie. Mi hermana llegó incluso a hablar con el diseñador de vestuario de la BBC, quien la informó de que se trataba de una pieza original y que volver a confeccionarlo costaría setecientas libras. Mi hermana me preguntó si todavía lo quería. No tengo ni idea de lo que habría hecho de haberle respondido yo que sí, sobre todo teniendo en cuenta que mi hermana sólo tenía doce años. Ahora sé que no era eso lo que me interesaba. Dicho esto, tampoco creo que se tratara de sexo. Quería ser Cillian Murphy, conocer a Cillian Murphy, tener algo de Cillian Murphy. Sin embargo, creo que nunca me apeteció acostarme con él. Lo que ocurre es que no puedo *no* mirar a Cillian Murphy. De todas las relaciones que he tenido, ésa ha sido la más duradera.

Lo que quiero decir es que no fui deshonesto a los catorce años. Ahora, volviendo la vista atrás, veo en esa anécdota una suerte de despertar, un momento que me reveló algo importante acerca de mi deseo. Qué fue en concreto sigue siendo un misterio, pero sí entendí que mi deseo no era heterosexual de forma convencional. Sin embargo, no lo entendí en su momento; sabía *algo*, pero se me escapaba *qué* era lo que sabía. Por eso, me parece absolutamente verosímil que Ian Thorpe no estuviera mintiendo, que podamos saber cosas sin comprenderlas, sentir profundamente sin saber el significado de esos sentimientos. Que el deseo esté inscrito en lo más profundo de nuestro ser sin que cada una de las palabras que lo componen sea legible.

También construimos relatos que prestan coherencia a nuestras vivencias. Es concebible que, al cabo de años viendo religiosamente cada una de las películas en las que aparecía Cillian Murphy, haya terminado contándome la historia del sombrero para explicarme una experiencia incongruente. Quizá sólo fue el sombrero. No podemos estar seguros de que las explicaciones presentes de nuestros sentimientos y deseos pasados fueran reales en su momento, porque podrían obedecer también a nuestra exigencia constante de dotarnos de un yo coherente.

Esa primera mañana en la que te despertaste con la noticia de que tenías una hermanastra. Había nacido esa noche. Entonces te tumbaste boca abajo en la cama y, con las manos en el pelo revuelto, gritaste: «¿Pero y si tiene los pómulos más bonitos que yo?». Pensé que no lo decías en serio, pero en realidad sospecho que sí. Y yo habría podido decir: «Pero nadie tiene los pómulos más bonitos que tú». O también habría podido decirte: «Pero la única persona que tiene los pómulos más bonitos que tú es Cillian Murphy», comentario que quizá te habría gustado más.

Por supuesto, la presunción original y violenta es la heteronormativa, según la cual se presume que todo el mundo es hetero a menos que declare lo contrario. Otra presunción es que el sexo de la pareja que uno tenga en un determinado momento puede decírnoslo todo sobre sus parejas pasadas o futuras. Que tal pueda ser el caso no niega el daño infligido por un sistema que presume de *saberlo* siempre. Lo que necesitamos es una transformación de ese conocimiento ilusorio acerca de los demás en un reconocimiento de sus diferencias y de nuestra incapacidad de conocer.

A lo mejor Tom Daley dirá algo un día que demuestre que Dom Joly tenía «razón». Pero, ¿qué significa «tener razón» en este contexto? Si Daley dijera «Nunca habrá una señora Daley» —y hay quien sostiene que su compromiso con Dustin Lance Black se acerca bastante a eso—, seguiría sin ver claro que eso diera la «razón» a Joly. Porque, se mire como se mire, Joly presumía de tener un conocimiento previo y, además, con su uso del «nunca», un conocimiento absoluto. Sin embargo, ¿cómo podía ser eso verdad si no lo era para Daley? La columna de Joly para *The Independent* sólo puede interpretarse como una presunción de un saber que o bien no es accesible a Daley o bien éste se niega a compartir. No me imagino punto de vista alguno en el que esas afirmaciones pudieran «llevar razón»: ni objetivamente, ni moralmente ni como imperativo de saber.

Todo ello —las informaciones periodísticas sobre el vídeo que Tom Daley publicó en YouTube; el artículo de Dom Joly; los años en los que Ian Thorpe tuvo que soportar esas preguntas sobre su sexualidad recién salido de la piscina apenas cubierto con un bañador de natación; los reportajes moralistas que se le dedicaron años más tarde, cuando Thorpe hizo público que era gay—, todo ello me dice que nos hallamos ante un asunto no resuelto. Como sociedad, el deseo por el mismo sexo nos incomoda mucho más de lo que nos gustaría creer. Por ello, sólo me cabe presumir que esos periodistas interrogaban a Thorpe —insistentemente— porque querían averiguar algo sobre ellos mismos. Si ese quinceañero les daba la callada por respuesta —ya fuera por timidez, por desconfianza o porque quería salvaguardar su intimidad—, a los interrogadores les parecía motivo suficiente para ver confirmadas sus sospechas. En última instancia, la única conclusión que puedo sacar sobre por qué se le da tanta importancia a conocer la sexualidad de los demás apunta a una necesidad de diferenciar y categorizar basada en una serie de presunciones que hunden sus raíces en la homofobia.

Tenemos que saber quiénes son

La sociedad exige un saber sobre los individuos que les degrada en su dignidad humana, un saber que tal vez no tengan los propios interesados, un saber sobre el que de entrada no tenemos ningún derecho, y un saber basado en las «divisiones artificiales» de las que hablaba Baldwin. Los homosexuales que exigen de los demás ese saber motivados por un afán de solidaridad no hacen sino reforzar y aceptar la exclusión. Si parezco demorarme en este punto, lo hago a propósito. ¿Esas inquisiciones crean un entorno abierto y respetuoso para que cada cual pueda ser él mismo sin temor a la incomprensión? ¿O bien dan origen a un lenguaje prescrito y adocenado que impone exigencias a la gente y provoca el efecto contrario?

La teoría foucaultiana del biopoder y la medicalización de la sexualidad nos obliga a prestar atención a esos sistemas que, más que describir, prescriben nuestra experiencia. Foucault sostenía que la confesión no revela un yo —una naturaleza descubierta— cuanto un yo constituido por precisamente las mismas categorías empleadas y requeridas por la confesión. En este sentido, estamos hechos de las categorías y el lenguaje que tenemos a nuestro alcance. Pero, ¿y si este lenguaje, estas categorías, no sirven para describir de manera satisfactoria nuestra experiencia? Dada la creciente aceptación de las relaciones homosexuales, las personas que no se ajustan al canon homo o hetero son las que han pasado a ser excluidas.

Una noche, ya bastante tarde, mientras conversábamos sobre este libro, un profesor me preguntó: «Bueno, si te llevo adentro y te hago una paja, eso no me convertirá en gay, ¿no?». Jane Ward se plantea una pregunta parecida en su libro *Not Gay: Sex Between Straight White Men*. Esos padres de familia que siendo adolescentes disfrutaban masturbándose mutuamente en los internados, ¿son gais? ¿O simplemente bi? ¿Y qué decir de una mujer que se describía como bi porque tuvo una relación muy intensa siendo más joven pero que ahora estaba casada con un hombre? ¿Y ese gran número de hombres supuestamente heteros que ven porno gay? ¿O lesbianas que ven porno entre hombres?

Varios estudios, de entre los que cabe destacar *Sexual Fluidity: Understanding Woman's Love and Desire* de Lisa Diamond, aseguran que la sexualidad fluida se da con mayor frecuencia entre mujeres que entre hombres.[18] Sin embargo, Ward demuestra que el sexo entre hombres es tan prevalente como entre mujeres, si bien los hombres lo justifican como una experiencia ritual de camaradería o lo achacan a la necesidad sexual. Diamond descubre a hombres casados manteniendo relaciones sexuales en baños o parques públicos; novatadas rituales en fraternidades y en el ejército; sexo entre moteros; hombres hetero que utilizan las páginas de contactos para encontrar a compañeros de pajas; otros hombres que buscan el contacto sexual como forma de recuperar formas pretéritas de camaradería masculina íntima.

Afirmar la diferencia es una decisión. Y no se trata, precisamente, de una decisión neutral. Los criterios que usemos para demarcar las diferencias darán pie a respuestas distintas. Categorizar es una opción, como lo son también los criterios que elijamos para fundar esas categorías. ¿Cómo definimos *homosexual*? ¿Por la conducta, por la autoidentificación o por otros criterios? Y entonces, ¿cómo distinguimos entre homosexual y bisexual? En un estudio reciente se descubrió que incluso las escalas (supuestamente) científicas que se emplean para evaluar la bisexualidad adolecen de graves deficiencias.[19] Sin embargo, en vez de tomar la autoidentificación o la conducta sexual de larga duración como indicadores de la orientación sexual, muchos estudios se apoyan en clasificaciones conductuales a corto plazo (a menudo de un solo año) de la sexualidad. Quienes sólo informan de relaciones con personas de su mismo sexo durante el último año son clasificados como homosexuales; quienes sólo informan de relaciones con personas del sexo opuesto son clasificados como heterosexuales; y quienes informan de relaciones con ambos sexos son clasificados como bisexuales. Sin embargo, ello obligaría a que cualquier persona que se identifique como bisexual se haya acostado con por lo menos dos personas en el período temporal de referencia, porque, de lo contrario, será identificado erróneamente como gay o hetero. Es más, si la conducta homosexual o heterosexual puede determinarse basándose en la declaración de una sola pareja sexual, pero la conducta bisexual tan sólo puede establecerse si se declara un mínimo de dos parejas, «entonces, por definición, estamos asemejando "conducta bisexual" a tener más parejas sexuales de las que se imputan a los participantes heterosexuales u homosexuales en el estudio». Cuanto más breve sea el período temporal de referencia, más posibilidades habrá de que se dé un sesgo. Y lo increíble es que el hecho de que los bisexuales declaren haber tenido más parejas, algo que viene predeterminado por la pauta clasificatoria elegida, se presenta ¡como un hallazgo del estudio! El mito de la promiscuidad bisexual podría obedecer sencillamente a ese sesgo clasificatorio.

También observamos respuestas distintas según se enmarque la cuestión de la sexualidad en categorías binarias o en un continuo. En un sondeo sobre identidades sexuales de 2015 realizado por la Oficina Nacional de Estadística del Reino Unido, se constató un incremento del 45 por ciento en un plazo de tres años en el número de jóvenes, de edades comprendidas entre los dieciséis y los veinticuatro años, que se identificaban como bisexuales.[20] Entre los jóvenes de ambos sexos, un 1,8 por ciento se identifica como bisexual, tasa que supera la suma de gais y lesbianas para el mismo grupo de edad. Con todo, el número total de jóvenes queer sigue representando un porcentaje pequeño sobre la población general, alcanzando tan sólo un 3,3 por ciento de los entrevistados. Sin embargo, cuando YouGov pidió a la gente que se situara en la escala de Kinsey de la sexualidad, un 19 por ciento de todos los adultos se identificó en algún punto distinto de la plena heterosexualidad o la plena homosexualidad.[21] Esa cifra ascendía al 43 por ciento de los encuestados de edades comprendidas entre los dieciocho y los veinticuatro años.

Si se incluían aquellos jóvenes que se identificaban como exclusivamente homosexuales en la escala, la mitad de los jóvenes de ambos sexos entre los dieciocho y los veinticuatro años afirmaba ser queer en mayor o menor medida. Obtendremos distintas respuestas según el énfasis o las distinciones que empleemos para categorizar las diferencias.

De hecho, los estudios de Kinsey constataron que un 46 por ciento de varones y un 28 por ciento de mujeres participaban tanto en relaciones homosexuales como heterosexuales o «reaccionaban» ante personas de ambos sexos a lo largo de sus vidas adultas. Los resultados de Kinsey fueron obtenidos con cuestionarios mientras que el estudio de YouGov solamente pedía a los encuestados que se situaran en la escala. Ello podría explicar por qué, con la excepción de la generación más joven, los resultados de la encuesta eran ligeramente inferiores a los obtenidos por Kinsey. Aun así, me sorprende que tantos adultos del Reino Unido fueran sinceros sobre unas conductas sexuales que desmienten las identidades binarias habituales.

La escala de Kinsey también tiene la virtud de considerar, además del acto sexual en sí, una variedad de conductas, deseos y fantasías sexuales. Por ello, refleja de una manera más fiel la sexualidad entendida como una gama de experiencias y sentimientos. Sin embargo, algunos autores han criticado el sondeo de YouGov por no haber manifestado explícitamente en qué consiste una experiencia con el mismo sexo. Sostienen que algunos de los encuestados tal vez sólo se hayan besado con una persona del mismo sexo. Pero ello supone fiscalizar los límites de la experiencia sexual. Instaura una jerarquía de actos sexuales en virtud de la cual juzgamos la *trascendencia* de una transgresión con respecto a la categoría *habitual* en la que se mueva el individuo. Tal argumento resulta revelador por la preponderancia otorgada a las categorías binarias en detrimento de la importancia que el individuo conceda a su deseo y sus actos. También impulsa un proceso odioso que aboca al individuo a interrogarse por sus actos, sentimientos y fantasías. Me parece, una vez más, que se trata de una respuesta implícitamente homófoba con independencia de si es homo o hetero la persona que la expresa.

Ya sea que se trate de sexo, besos o una simple fantasía sexual, lo que importa es la cantidad de personas que *sienten* que su atracción por personas del mismo sexo y por personas de sexo opuesto es lo bastante significativa como para informar de ella. No nos corresponde a nosotros decirles que esos sentimientos carecen, en el fondo, de importancia.

David Halperin observa que «la misma idea de homosexualidad implica que los sentimientos y las expresiones sexuales por personas del mismo sexo constituyen un objeto único llamado "homosexualidad"».[22] El hecho de que hayamos decidido categorizar esas conductas hacia personas del mismo sexo como algo *ajeno* constituye de por sí una elección. No sólo hacemos del género la característica definitoria —en sí misma problemática—, sino que además presumimos saber lo que el género del amante de alguien nos dice acerca de ambos. ¿Por qué hemos elegido esta característica cuando tal vez no refleje el mejor denominador común del deseo sexual? Tal y como pregunta Halperin: «¿Una lesbiana aficionada al BDSM se parece más a una lesbiana a la que no le guste o a una hetero a la que sí le guste?».

Y quizá sea aquí donde nos equivocamos o, por lo menos, nos damos de bruces con algunos problemas: porque *homosexual*, como sustantivo, puede englobar a muchas personas que han quebrantado, en un momento u otro, los estrictos códigos de la heterosexualidad. Sin embargo, este término general resulta problemático porque muchas de esas personas no son exclusivamente homosexuales. Como tampoco son exclusivamente heterosexuales. Pero el lenguaje que nos hemos dado supone que cualquier leve desliz desde el altar mayor (demasiado mayor) de la heterosexualidad devenga en una simplista otredad.

Los términos homosexual o bisexual no habrían tenido significado alguno para los antiguos griegos, los florentinos del Renacimiento, los ingleses isabelinos, Shakespeare u Homero. La homosexualidad no es una categoría que soporte fácilmente viajar a través de los continentes o los siglos. En la Florencia del Renacimiento, dos tercios de los varones que habían alcanzado los cuarenta años de edad habían sido acusados en alguna ocasión de sodomía.[23] El problema era tan extendido que entre 1432 y 1502 funcionó un «Oficio de la Noche» para investigar y perseguir esos casos. En una ciudad con una población que rondaba las cuarenta mil almas, se calcula que hasta diecisiete mil varones fueron imputados al menos en una ocasión por sodomía, de los cuales en torno a un tercio fueron condenados. La práctica estaba tan generalizada entre todas las capas sociales que el «Oficio» finalmente fue disuelto.

Las sociedades antiguas y de comienzos de la era moderna no identificaban el deseo por el mismo sexo como algo ajeno. Entendían que el amor de un hombre por las mujeres y los chicos jóvenes era expresión de deseos concomitantes, y no excluyentes. En este sentido, constituían afectos universales. Nos han llegado descripciones de debates, que se remontan a la Antigüedad, en los que se discutía qué objeto sexual era más atractivo, si una mujer o un chico joven. Tal y como observa Halperin, esos debates se basan en la idea de una preferencia o gusto, no de una identidad sexual fija:

Se presentan como el resultado de una elección consciente, una elección que expresa los valores y preferencias vitales del sujeto masculino, y no como síntomas de una condición psicosexual involuntaria. Los hombres que manifiestan esas preferencias a menudo se consideran capaces, por lo menos teóricamente, de responder al atractivo erótico tanto de mujeres bellas como de chicos bellos.

El matrimonio era la constante social de esas sociedades. Sin embargo, más que la unión de dos amantes, el matrimonio suponía la unión de unos intereses políticos, familiares o económicos. El amor y el placer sexual quedaban reservados a las aventuras extramatrimoniales, fueran heterosexuales, homosexuales o de ambas inclinaciones.

Las categorías de homo y hetero, además de ser un constructo reciente, también son arbitrarias. Varios informes de los últimos cien años informan de sectores significativos de la población que reconocían su deseo hacia ambos sexos, con cifras en varios estudios que a veces alcanzan el cuarenta por ciento. Sin embargo, seguimos manteniendo la pretensión de que la sexualidad constituye una estricta dicotomía entre heterosexualidad y homosexualidad. Si incluimos quienes sólo se sienten atraídos por personas de su mismo sexo, el porcentaje de la población queer asciende hasta en torno a la mitad del total: una mitad plenamente heterosexual, la otra mitad queer en cierta medida, que incluiría una minoría de personas exclusivamente homosexuales. Sin embargo, estos datos conforman una imagen muy distinta de la que se refleja en nuestro lenguaje de categorías sexuales, donde se supone que los bisexuales son minoría entre gais y lesbianas. En parte, ello podría obedecer a que algunas personas prefieren no reconocer su deseo por el mismo sexo por temor a que les sea negado su deseo heterosexual.

No estoy hablando aquí de paranoia ni de privilegio, sino de comodidad. Reconozco una etapa de mi historia personal, de mi experiencia, en la que procuré que mi sexualidad fuera imperceptible, o por lo menos discreta. No era sólo por las razones habituales, pues se trataba también de un gesto con el que pretendía proteger mi deseo heterosexual. Mientras se niegue la bisexualidad, mientras se suponga que un hombre al que atrae otro hombre sólo puede ser gay, a algunos de nosotros no nos quedará más remedio que reprimir *señales* o *demostraciones* expresas de nuestra sexualidad, no por una homofobia interiorizada, sino porque hacer lo contrario socavaría nuestra heterosexualidad a ojos de todo el mundo. No parece deseable, pero se trata de una respuesta negociada frente a la presión exterior.

La primera vez que hablé contigo, mientras hacías tu turno en la cafetería —cuando sonreíste, me volviste a mirar y me sonreíste de nuevo, cuando me dijiste que te acordabas de mí de otro día, y te pregunté por tus tatuajes, un sol quebrando las nubes entre el índice y el pulgar de tu mano, y un globo en tu cuello, como el de Winnie the Pooh—, pensé que estabas tonteando conmigo. Deseé que fuera así. Y más tarde, cuando salimos a tomar una copa, me dijiste que eras bisexual; teníamos eso en común. Me sorprendió, no me lo esperaba. Entonces me di cuenta de que el problema de «bisexual» es que uno no puede hacerlo todo a la vez. Cuando estabas tonteando conmigo, no lo hacías con nadie más. Y más tarde, cuando te pusiste a tontear con una chica en la discoteca, no lo estabas haciendo conmigo. En este sentido, el deseo se antoja excluyente. Aun así, fue culpa mía el haber asumido que tu tonteo conmigo y mi tonteo contigo pudieran querer decir algo más que eso. En aquel momento, sólo importábamos por separado.

Esa categorización simplista del deseo no se limita a la cultura popular; también queda patente en la literatura científica. Esas biografías y relatos históricos sobre las vidas de personas queer en los que no se desmiente su deseo por el mismo sexo pretextando una mera *amistad* califican casi de forma sistemática a sus biografiados como gais o lesbianas. Sin embargo, estos términos son recientes y a menudo carecen de sentido cuando se aplican al pasado. Otros especialistas emplean una forma sutil de invisibilización, llamando homosexuales a las personas estudiadas y, por ende, despachando cualquier otra relación que hubiera en sus vidas como algo carente de autenticidad.

Parte del problema estriba en que, a diferencia de otros calificativos, «homosexual» y «heterosexual» constituyen categorías excluyentes. Por ejemplo, en su conmovedora historia de la timidez, Joe Moran describe a Sigfried Sassoon como «un homosexual y judío de raíces persas que más tarde se convertiría al catolicismo».[24] Mientras que los otros calificativos pueden coexistir en la misma frase, haciendo más compleja y rica en matices nuestra comprensión de la personalidad de Sassoon, el adjetivo «homosexual» puede deslegitimar otras facetas de su vida. Además de varias relaciones con hombres, Sassoon también estuvo casado, fue padre de un niño y su mujer sospechó que tenía una aventura con Vivien Hancock, la directora de la escuela de su hijo.

En su libro *Gay Lives*, el profesor Robert Aldrich deja poco espacio para la ambigüedad cuando describe a Carson McCullers como «lesbiana en su temperamento y sus deseos».[25] Y ello a pesar de que estuvo casada dos veces con el mismo hombre y tuvo «relaciones» (ese es el eufemismo que emplea Aldrich) con muchos hombres. Tal afirmación es, además, indemostrable; nunca podremos conocer la totalidad de los deseos de alguien. Asimismo, aunque todo indica que las relaciones sexuales de Duncan Grant fueron casi exclusivamente con hombres, convivió con Vanessa Bell más de cuarenta años y tuvieron una hija juntos. También se apunta que Thomas Mann era gay, pese a que estuvo casado con Katia Pringsheim y la pareja tuvo seis hijos. Eran personas con deseos variados y complejos, irreductibles a una mera disyuntiva entre dos opciones.

Durante la campaña en pro del matrimonio igualitario, un sinfín de editoriales y columnas de periódicos se manifestaron a favor de la medida, esgrimiendo ejemplos históricos de homosexuales que habían tenido vidas desdichadas al verse forzados a enlazarse en matrimonios heterosexuales sin amor, sólo para cumplir con las convenciones. Es innegable que en algunos casos fue así. Sin embargo, nos llevaríamos a engaño si pensáramos que eso es lo que ocurrió en todos los casos en que un hombre o mujer casado también tuviera relaciones e inclinaciones por el mismo sexo. Hacerlo supondría incurrir en suposiciones uniformes sobre la sexualidad (una vez más la disyuntiva entre dos opciones excluyentes), asumiendo al mismo tiempo una jerarquía de valores. Primero, suponemos conocer *todos* los deseos de alguien; luego, suponemos conocer la importancia y peso de cada uno de esos deseos —unos serían obligados por las circustancias; los otros serían reales—; también concedemos un peso distinto a cada uno de esos deseos; por último, se asigna un valor de verdad con respecto a la sexualidad de un individuo en función de todas las suposiciones anteriores, descartando matrimonios e hijos como meras baratijas de una supuesta «vida falsa». Con ello, no sólo se arbitra el deseo, sino que se somete a una fiscalización y a una categorización forzosa que obedece a un afán de erradicar las diferencias.

Aunque no podemos desdeñar el papel de la represión y la negación en las vidas queer, nuestra comprensión simplista de la sexualidad como un fenómeno binario y una verdad susceptible de ser descubierta (conjugada con la sospecha constante de hallarnos ante personas que niegan su propia realidad) nos impide considerar la posibilidad de que algunas figuras queer del pasado tal vez tuvieron que bregar con la incertidumbre y el conflicto de deseos divergentes en la misma medida que con la presión de las convenciones sociales. Afirmar, como se hace en algunos estudios históricos, que existe algo categorial en la sexualidad de figuras como Thomas Mann, Carson McCullers, Virginia Woolf o Christopher Marlowe (por mencionar solamente a escritores) supone incurrir en un acto de invisibilización.

Declarar que alguien es específicamente una cosa equivale a negarle que sea otra. Identificar a Mann como gay es negar su heterosexualidad y, por ende, negarle la totalidad de su experiencia. No podemos hablar con esa seguridad de Mann ni de nadie. Como hemos sostenido antes, en muchos casos no es posible hablar con tal grado de seguridad ni siquiera de nosotros mismos. No estamos al corriente de todas las claves ocultas de nuestros deseos, ni tampoco de sus orígenes o motivaciones. Hacer afirmaciones tan generales sobre los demás, incluidos personajes históricos, es pecar de una suprema arrogancia, comparable a visitar la casa de un pariente recién fallecido y asegurar que sólo dos de sus posesiones más preciadas tuvieron importancia para el difunto. Esa afirmación sería más reveladora de la importancia de esos objetos para nosotros. También es homófobo por cuanto se obceca en cualquier episodio del mismo sexo excluyendo todo lo demás. Así pues, cualquier persona que haya vulnerado la norma heterosexual deberá quedar relegada para siempre a la otredad.

Con todo, podemos y debemos proclamar la universalidad del deseo por el mismo sexo a lo largo de la historia humana. Hemos de reivindicar las vidas de esos individuos cuya atracción por el mismo sexo ha sido borrada de los libros de historia, pero ello no debería suponer borrar también otros aspectos de su vivencia. Garth Greenwell vio en este problema «la diferencia entre activismo y arte; quedar desgarrado entre la eficacia —la necesidad— política de reivindicar a esos artistas cuya atracción por el mismo sexo ha sido negada a voces, para atravesar el clamor de esa negación, pero a expensas de los matices».[26]

Sigo firmemente convencido de que no existe necesidad política que pueda justificar que una forma de invisibilización histórica sea corregida incurriendo en otra. Esto no es la lucha por el poder contra la que nos previno Marjorie Garber a propósito de la categorización de figuras históricas como homosexuales o bisexuales;[27] hay aquí algo más significativo en juego. Se trata de fomentar una comprensión más amplia de la sexualidad que reconozca la naturaleza compleja y polifacética del deseo humano. La alternativa es una variedad del *pinkwashing* (práctica cuyo significado —lavado rosa— queda reflejado en este caso de forma más precisa en el sentido etimológico del término), en virtud del cual la sexualidad compleja de un individuo sería borrada en favor de una homosexualidad simplista. Reconocer la inestabilidad de la sexualidad binaria plantea un desafío radical frente a la heterosexualidad.

La creciente mercantilización del sexo predica las virtudes de la rigidez y el inmovilismo en nuestras elecciones sexuales. Cuando Greenwell habló en la librería Foyles (Londres, 2016) sobre la adopción del *cruising* en el ámbito digital, instó a extremar la cautela frente a una cultura que se permite ir descartando perfiles en las pantallas del móvil sin tener en cuenta el menoscabo que ello supone para la dignidad de las personas. Aplicaciones como Grindr y Tinder aniquilan la capacidad de sorpresa del deseo a medida que nos vamos enganchando a nuestras preferencias previas. De ahí puede derivarse una reducción de nuestra libertad y experiencia. Tal y como reconoció Paul Goodman: «La represión de toda forma de vitalidad espontánea resulta perjudicial para nuestras sociedades».

Me intriga pensar que tal vez exista algo en la experiencia reciente de los gais que dé lugar a una fetichización de las categorías. Además de las categorías cada vez más sofisticadas de activo, pasivo y versátil, que han proliferado hasta incluir activos versátiles y pasivos versátiles, tenemos también los distintos tipos de elección de objeto sexual: *twink, jock, daddy, otter,* oso. La lista no para de crecer, con la inclusión, por ejemplo, del *twunk,* a saber, una amalgama de *twink* y *hunk.*

No discuto la utilidad de las etiquetas. No discuto que esa lista de términos ofrezca una jerga fácil, además de significantes culturales, a unas personas a las que se les ha negado un lenguaje que exprese adecuadamente su deseo al margen del discurso heterosexual. Sin embargo, no puedo evitar pensar que cada vez son más reduccionistas.

La discriminación por motivos de raza o afeminamiento reina en las aplicaciones de contactos gay, siendo a veces denunciada por otros usuarios. Pero ese lenguaje termina reduciendo a las personas a meros atributos y categorías. Una vez más, vemos campar a sus anchas la presunción. El racismo desenfadado que encontramos en expresiones como «nada de arroz, curry o chocolate» (en alusión a asiáticos, indios o negros) también es prueba de aquello contra lo que nos previno Herbert Marcuse en el siglo pasado: el sexo y los individuos reducidos a la mercantilización capitalista. Pero esos términos no son producto estricto de la era de internet. Halperin, entre otros, ha descrito la historia de términos como «rice queen» o «size queen». No sería descabellado ver en este fenómeno una prueba más de construcción identitaria, el uso de marcadores de semejanza y diferencia. El hecho de que estos términos no parezcan tener el correspondiente sinfín de equivalentes en la heterosexualidad o la cultura lésbica podría obedecer a que funcionan como respuesta a las estrategias de fiscalización y exclusión impuestas por el mundo heterosexual. Sin embargo, mi limitada experiencia en este sentido me ha llevado a constatar que los varones gais más propensos a insistir en categorías como *twink activo* o *twunk pasivo* son también los que suelen negar la existencia de la bisexualidad y exigir una partición binaria de la sexualidad.

La mercantilización es la conclusión lógica de dicho proceso de codificación de la sexualidad. Para quienes tenemos un deseo más variado y abierto a los cambios, la imposición de ese binarismo nos reclama tomar una decisión permanente, «elegir bando». En cambio, para quienes creen haber materializado plenamente su deseo hasta el punto de que les parece cosa sabida, esas divisiones les confieren la tranquilidad de no tener que salirse nunca de unos cánones predeterminados. No se trata de que debamos esperar que el deseo nos sorprenda en todo momento, sino de que no tenemos por qué asustarnos cuando eso ocurra. La mercantilización de nuestras preferencias sexuales excluye la idea de que el deseo está abierto al cambio. Un deseo tan trillado, tan gastado, ya no sorprende y pierde su sentido. Se convierte en el equivalente sexual de un estereotipo.

Nombrar a las personas basándonos en su sexualidad, raza o rol sexual nos reduce a una simple característica. Nos caricaturiza. Es una división artificial, que nos limita y nos priva de la plenitud de nuestra dignidad humana. Aceptar que nos impongan un nombre así supone perder algo. Hace de esa característica nuestro rasgo distintivo a expensas de todo lo demás que nos hace humanos. Como comentó Baldwin, esta pérdida no sólo es pública; también es interior, con profundas consecuencias personales. «Me encasquetaron tantas etiquetas que al final me volví invisible para mí mismo … Tuve que largarme bien lejos para deshacerme de todas esas etiquetas y averiguar, no lo que era, sino quién era».[28] Se nos pierde algo cuando aceptamos una definición limitada de nosotros mismos. Perdemos nuestra común humanidad.

En particular, ¿el hecho de nombrar nuestra sexualidad —nuestro deseo— destruye precisamente esa parte de su esencia que hace que sea como es? Los imperativos sociales y políticos que llevan a la gente queer a hablar de sí mismos de una forma que les resulte cómoda pasan por alto las complejidades, matices y variedad que nos hacen humanos. Aceptar la necesidad de hablar sobre nuestra experiencia de forma reduccionista para luchar por la igualdad supone una primera concesión. Y en lo que a mí respecta me parece que una sola concesión ya es demasiado.

El reverso de la presunción es la verificación. Si no estamos presumiendo algo sobre alguien, entonces estamos verificando su autenticidad. Anakana Schofield ataca la actual querencia literaria por la ficción confesional. Su argumento es que lectores y críticos muestran un mayor respeto por escritores que pueden autentificar la experiencia sobre la que escriben, pero que, al hacerlo, también infravaloran la imaginación. Cuando la entrevistaron sobre su alabada novela *Martin John*, Schofield observó que se le preguntaba insistentemente si su protagonista, un peligroso agresor sexual, era conocido suyo, si ella había sido una de sus víctimas maltratadas y violadas.

Si soy un peligroso agresor sexual, ¿mi novela sobre un agresor sexual será más valiosa? ¿Esa supuesta autenticidad o autoridad elevaría su mérito literario? Nos hallamos hoy día en un clima intelectual en el que se diría … que lo biográfico no sólo suplanta la imaginación, sino que el mercado exige al escritor … que lo ofrezca. La literatura tiene más valor de mercado si viene respaldada por algo más que justifique su existencia.[29]

Ello no sólo atestigua nuestra *necesidad de saber*, nuestra moderna obsesión por las certezas, sino que constituye una nueva muestra del intento de empaquetar y separar nuestra experiencia humana.

En una conferencia de Schofield en la librería de la *London Review of Books* a la que asistí en 2016, la autora hizo especial hincapié en la naturaleza deshumanizadora de esa obsesión verificadora. Nuestra necesidad, cuando hablamos sobre niños refugiados en Calais, por ejemplo, de verificar la verdad de su experiencia es una forma sutil de distanciarnos de su humanidad. «¿Son refugiados *de verdad*?», «¿Son *de verdad* sirios?». En cierto sentido, lo que queremos saber es cómo desentendernos de su suerte. Al cargar sobre los hombros de los demás la responsabilidad de verificar lo que afirman sobre sus vidas, podemos reducir o rehuir nuestra responsabilidad hacia ellos como congéneres nuestros. Al mismo tiempo que les exigimos una verificación, los objetivamos y pasamos a verlos en cierto modo como seres extraños y distintos de nosotros.

En ciertos aspectos, todo ello remite también a la observación de Baldwin acerca de la universalidad de la homosexualidad. La pregunta que se le hacía reiteradamente a Schofield sobre su novela no sólo minusvalora el papel de la imaginación, sino que además objetiva a su protagonista como algo ajeno al que sólo alguien con una experiencia de primera mano podía haber descrito. Esa pregunta se basa en la antítesis de lo que apuntaba Baldwin: queremos saber que Schofield ha sido *en efecto* víctima de un agresor sexual porque no queremos creer que la autora sea capaz de tamaña empatía e imaginación. Como lo último que queremos pensar es que todos somos capaces de hacer el bien o el mal, preferimos dividir la humanidad según sus actos para luego ponernos a buen recaudo lejos de lo que nos disgusta. Basta ver la rigidez con la que tanto homosexuales como heteros niegan la posibilidad de que pudieran ser algo distinto, pese a que no podamos estar seguros de la permanencia de nuestra sexualidad y nuestros deseos. Nos sentimos obligados a definirnos *por oposición a* los otros.

La gente a veces se obsesiona con verificar y autentificar las afirmaciones de índole sexual de los demás. Una vez, una enfermera quiso saber mi orientación sexual y yo le respondí que era bisexual. «¿Pero te consideras más heterosexual u homosexual?», me preguntó. Le respondí que yo no lo veía así, que en realidad se trataba de eso precisamente. Pero ella insistió: «¿Pero cuál sería el tanto por ciento de parejas?». Me han lanzado variaciones de esta pregunta muchas veces, pero en realidad todas ellas eran la misma pregunta: *¿En el fondo eres gay?* La pregunta aspira a verificar la «verdad» de mi relato y determinar mi sexualidad innata y verdadera.

Los participantes de un estudio cuestionaron la legitimidad de la bisexualidad basándose en que la mayoría de personas tendría una preferencia o mayor prevalencia de atracción homosexual o heterosexual.[30] Estamos tan empeñados en la idea de una sexualidad binaria que excluimos la atracción de un individuo por ambos sexos en favor de una identidad «aceptable» basada en la proporción de parejas y una supuesta preferencia por hombres o mujeres. Hay quien está dispuesto a desestimar la conducta sexual, la atracción sexual y la identidad sexual, todo en aras de una cada vez más precaria clasificación de las personas según si son homosexuales o heterosexuales.

A aquellos hombres y mujeres que no nos ceñimos a esa sexualidad binaria no sólo se nos acusa de mala fe; se nos pide, además, que verifiquemos nuestra experiencia, a menudo con el único objetivo de confirmar las suposiciones de nuestro interrogador. Más de una persona a la que apenas conocía me ha preguntado cuándo fue la última vez que mantuve relaciones sexuales con una mujer; con qué frecuencia; si hubo penetración o «sólo intimidad». Por lo visto, salir con alguien no cuenta. A mi modo de ver, eso demuestra lo bajo que está el listón para que a un hombre lo expulsen de la heterosexualidad: un solo beso con otro hombre puede considerarse sintomático de una homosexualidad oculta en el armario. En cambio, la verificación de la bisexualidad exige una historia sexual pormenorizada que, sin embargo, a menudo ni siquiera resulta suficiente.

Por otra parte, se presume que las mujeres que afirman ser bisexuales lo hacen solamente para atraer la atención de los hombres. Las presunciones patriarcales pesan tanto que un hombre que ha decidido salirse voluntariamente, aunque sólo sea una vez, de la norma masculina se convierte para siempre en sospechoso y queda relegado a la otredad. En cambio, para las mujeres que rechazan la norma, la sospecha es siempre la de no hablar del todo en serio. En la brillante expresión de Ruby Tandoh: «Todos los caminos conducen a los hombres».[31] A mi entender, ello apunta a una sutil forma de homofobia, conjugada con la acuciante necesidad de apuntalar la concepción binaria de la sexualidad. Presupone una verdad —una verdad conocida e inamovible— de la que el interesado es consciente, pese a ocultarla, y que el interrogador debe sacar a la luz.

Dennis Altman sostenía que debemos aceptar esa parte de nosotros mismos que es sexual, y que ello incluía todas las variedades y potencialidades que atesoramos. Eso significa aceptar nuestro potencial homosexual —así como el heterosexual—, lo que en cierto modo me parece equivalente a asumir que no se trata de algo que podamos conocer de verdad.

Aceptar nuestro potencial sexual para amar, sin imponernos categorías, supone un abrirse al individuo, transmitirle que le amamos por la *persona* que es y no lo que es. Altman vaticinó que esa posición sería:

Condenada por los guardianes de los viejos valores. En su libro *Growing Up Straight*, los Wyden afirman precisamente eso (aunque no, por supuesto, como partidarios): «Cuanto más aceptables sean los puntos de vista de las organizaciones de homosexuales, más probable será que asistamos al crecimiento de un Mundo Gay cada vez menos disimulado y más aceptado».[32]

Como demuestra mi experiencia en la cafetería, una comprensión del deseo que no incurra en presuposiciones, sino que acepte meramente la experiencia de desear a una persona en *un momento concreto*, depara una mayor libertad que la categorización. No se trata de que todo el mundo sea secretamente bisexual, sino de permitir un grado suficiente de libertad para que cualquiera pueda serlo.

En *La habitación de Giovanni*, cuando Giovanni exclama «Oh, los rostros del bar... Tendrías que haberlos visto... Tan sabios y trágicos, creían que ahora lo sabían todo, que siempre lo habían sabido, y estaban tan contentos de no haber tenido nunca nada que ver conmigo», no es un conocimiento real, no es una sabiduría real lo que atesoran, sino prejuicios.[33] El saber que suponen tener acerca de Giovanni es incorrecto. Pero el libro invoca reiteradamente el saber: por un lado, el que resulta de conocerse a uno mismo, que el narrador rechaza; por el otro, el saber público que es fruto de suposiciones y siempre incorrecto. Y ese es el tipo de saber que no puede tenerse, que Baldwin demuestra que no existe o, cuando menos, que no significa nada. Giovanni le dice a David: «Eres tú el que no deja de hablar sobre lo que yo quiero, pero yo sólo he estado hablando de a quién quiero».

Nuestra obsesión con «el homosexual», ese sustantivo del que Baldwin reniega, termina provocando que el narrador le dé la espalda al amor. Pero el amor a un hombre o a una mujer no es algo limpio, y tampoco nuestra fijación cultural significa nada. El narrador dice que ambos son hombres; ¿qué puede ocurrir entre ellos?, pregunta. Giovanni le responde que sabe lo que puede ocurrir y que por eso se marcha. Lo que puede ocurrir es el amor. David está ofuscado con la categoría; no puede olvidar que Giovanni es un hombre; Giovanni le dice que no es el qué, sino el quién, lo que importa. Todo ello recuerda a la observación de Baldwin sobre un autoconocimiento de quiénes somos en vez de lo que somos. Se sustenta en la aceptación de nuestra común humanidad y de algo tan singular como nuestra experiencia individual.

Dado que el movimiento de liberación gay ha puesto en cuestión la heteronormatividad, un número cada vez mayor de personas —en especial entre los jóvenes— no tiene problema en aceptar la multiplicidad de sus vidas sexuales, homosexuales y heterosexuales. Ello supone la elevación del *quién* por encima del *qué*. La liberación de los gais también libera a los heterosexuales. Sin embargo, los guardianes de los viejos valores no son sólo heterosexuales. Algunos hombres y mujeres homosexuales cuestionan la sinceridad de quienes aseguran tener un mayor grado de fluidez sexual. Es como si hubiera la sospecha de que se es bisexual sólo porque está de moda. Sin embargo, la encuesta de YouGov muestra que entre toda la población adulta, incluso para quienes se sitúan en el número 1 de la escala de Kinsey («predominantemente heterosexual, sólo esporádicamente homosexual»), el 23 por ciento había tenido un encuentro sexual con alguien del mismo sexo, mientras que esa cifra ascendía al 52 por ciento para quienes se situaban en el número 2 de la escala («predominantemente heterosexual, aunque con contactos homosexuales más que esporádicos»). Lejos de ser fruto de una moda, los resultados demuestran la existencia de un incuestionable continuo en el deseo y la conducta sexual.

Aunque puedo entender que a quienes tuvieron que librar batallas pasadas les resulte difícil aceptar un mayor grado de libertad y movimiento en cómo la gente define hoy día su sexualidad, ello no puede justificar una nueva imposición de valor o presuposiciones sobre los demás. Quienes hoy estamos subidos a los hombros de las personas queer que libraron esas batallas pretéritas somos como niños que rechazan a sus padres. Los hijos no siempre reconocen ni agradecen a sus padres lo que lucharon ni los sacrificios que hicieron por ellos. Pero tampoco debería esperarse de un niño que crezca con la expectativa de cumplir con la idea que sus padres se han hecho de él. Ningún padre, ninguna madre, puede recordarle constantemente a su hijo los sacrificios que se han hecho por él y pasarle una factura que le exija vivir como sus progenitores.

Esa negativa a permitir que los demás se definan en sus propios términos, a concederles el mismo grado de dignidad humana que esperamos para nosotros mismos, es contra lo que Baldwin y muchos otros autores combatieron. Una mayor expresión y libertad para amar a quien elijamos como nos parezca más oportuno es la victoria por la que luchó el movimiento de liberación gay. Y esa victoria debería ser celebrada y no denunciada como dudosa por precisamente las mismas personas que lucharon por que toda forma de amor tuviera el mismo reconocimiento.

La enérgica fiscalización a la que se somete la sexualidad no siempre procede del mundo heterosexual; también puede deberse a los gais. Julie Bindel cree que la bisexualidad «se está usando cada vez más como eufemismo de lesbiana o gay».[34]

De forma muy exagerada, describe ese fenómeno como «casi una erosión de nuestra identidad». Tal afirmación define la bisexualidad como algo ajeno e inferior con respecto a otras formas de deseo queer. Se impone así una nueva categorización de los deseos según una jerarquía de excepcionalidad queer. Tras mencionar a varios famosos recientes —incluido Daley, además de Lady Gaga y Jessie J—, Bindel afirma que todos ellos «parecen preocupados por tranquilizar al gran público de que les sigue atrayendo el sexo opuesto, aparte del propio». Nos tropezamos de nuevo con un calco de la mezcla de desconfianza y presunción de la que hizo gala Dom Joly. En vez de aceptar que Daley y los demás nombres citados sencillamente están afirmando su *verdad*, Bindel, como hiciera Joly, asume que sus declaraciones han de ser forzosamente falsas y expresión de mala fe. Con ello, Bindel también impone una identidad queer radical y combativa a todos los gais y lesbianas, al margen de cómo se sientan. Se sugiere así una superioridad en la diferencia, en virtud de la cual nuestra común humanidad, compuesta de gentes que son queer y gentes que no lo son, es menos importante que nuestras diferencias. Se transforma así la sexualidad en una declaración política que nos divide entre asimilados o diferentes, negando que pueda ser tan sólo un simple relato de una verdad personal. Si debe haber un vencedor en ese combate entre política y verdad, siempre apoyaré esta última sin dudarlo.

Cuando Bindel afirma que «Jessie J es supuestamente bisexual, pero todos los rumores y sospechas apuntan a la idea de que es tan sólo una lesbiana con una imagen de marca construida a fin y efecto de no espantar a los hombres heteros», me defrauda que semejante luchadora por los derechos de las mujeres y los homosexuales caiga en esa fiscalización de la sexualidad ajena elevando «rumores y sospechas» por encima de lo que la interesada en este caso pueda contar sobre su propia vida. Sin duda, las fuerzas del capitalismo pueden explicar que a un famoso se le aconseje cínicamente que oculte su sentir. Sin embargo, la idea de que una sospecha pueda tratarse como si fuera un hecho incuestionable me resulta inquietante, en especial cuando se hace públicamente. Jessie J no nos debe ninguna explicación sobre su vida. Exigírsela menoscaba nuestra dignidad, tal y como apuntó Baldwin. Una vez más, nos hallamos ante una presunción de conocimiento, acompañada de una desconfianza generalizada sobre cualquier persona que se aparte de la norma heterosexual. ¿Los heteros se angustian tanto con la diferencia y los gais andan tan faltos de afirmación como para que sospechemos e interroguemos los deseos de los demás?

Bindel insinúa que la bisexualidad es una forma queer en cierto modo insuficiente. Sin embargo, la bisexualidad no atenúa la atracción por el mismo sexo a ojos de los homófobos; el hecho de que los bisexuales también sintamos atracción por el sexo opuesto no significa que no formemos lazos de solidaridad menos intensos y nuestra situación no sea menos peligrosa que la de los homosexuales. Si voy de la mano de mi novio por la calle, soy igual de vulnerable a las presunciones de los agresores homófobos que cualquier otra persona queer.

A veces, cuando salíamos juntos por la calle, me sentía cohibido, vigilando por dónde iba a llegar el primer puñetazo, los primeros gritos e insultos. Estaba en guardia y, por tanto, inquieto, ajeno a tu presencia, cuando apoyaste la cabeza en mi hombro tras subirnos al último metro de la noche, ese fin de semana antes de Navidad.

Quería disfrutar del momento, pero no podía. Supongo que temía la llegada de represalias, de acusaciones de ir provocando. Y mientras luchaba conmigo mismo y mi miedo, me iba alejando de ti.

No era el único. Al salir esa noche, nos cruzamos con cuatro borrachos en chándal y me contaste en voz alta que estabas acostumbrado a medir tus fuerzas con las de hombres blancos en ropa deportiva. Que ninguno de esos cuatro tipos tenía unos muslos que pudieran compararse con los tuyos. Sabía que era verdad. Pero me dio pena que tuvieras que corroborarlo. Que ambos tuviéramos que corroborarlo. Y que tuvieras sobrada experiencia para saberlo, por las patadas y los puñetazos que ya habías recibido. Los miraste y viste que tenías todas las de ganar.

Sabía que yo no, pero que, si se liaba la cosa, esta vez me iba a tocar a mí. Pensé que, si alguien se merecía una paliza, ése era yo. No sé por qué supuse que ibas a largarte corriendo, pero lo habría preferido. No, esta me toca a mí, pensé. Ha llegado mi turno, después de todos estos años siendo menos valiente, y más afortunado que tú. Siendo, ay, tan calladito. Esperando que nadie se diera cuenta. Por eso me merecía una paliza.

Aunque me lo contaste como si fuera un secreto, en realidad estabas gritando. Era como si estuvieras chuleando. «Puedo medir la fuerza muscular de un hombre blanco en chándal.» Estábamos de pie al final del vagón, agarrados a los asideros, sumidos en una brisa todo menos fresca que llegaba de la ventana central del compartimiento. Esa brisa fue un alivio porque vimos que no nos habían seguido al vagón. Y, por supuesto, esa noche no nos pasó nada. Pero temí la noche en que sí ocurriera algo y, cada vez que me asaltaba ese temor, me alejaba, en cierto modo, de ti.

En 2012, la actriz Cynthia Nixon recibió críticas generalizadas de las asociaciones por los derechos de los homosexuales por haber afirmado que había «elegido» mantener una relación lesbiana. Las activistas sostenían que esas declaraciones iban a azuzar a los fundamentalistas religiosos que trataban de erosionar los derechos de la comunidad homosexual. Ese tipo de argumento rechaza el entendimiento que Nixon pueda tener de sí misma en aras de los intereses políticos de la comunidad.

Jane Ward opina que las activistas que censuraron a Nixon lo hicieron no por esas palabras sobre ella misma, sino por contarle al pueblo estadounidense que la sexualidad es algo fluido y abierto a los cambios.

La controversia sobre las declaraciones de Nixon dejan claro que el movimiento gay y lésbico ha logrado en gran medida que el orgullo gay y la lucha por los derechos de los homosexuales queden vinculados a la adhesión a unas determinadas narrativas sociobiológicas y, a la inversa, y quizá de forma involuntaria, también ha logrado equiparar los relatos más fluidos y/o queer en torno al deseo sexual con la homofobia y la colusión con la derecha religiosa.

Aceptar la tesis de esos activistas supone entrar en el terreno de las concesiones. Con ello, se admite la validez de la pregunta y se afirma que ninguna persona queer elegiría ser como es, motivo por el cual deberían otorgárseles los mismos derechos. Asimismo, no se acepta el relato que el individuo hace de sí mismo y se impone un lenguaje predeterminado para la sexualidad, al margen de si refleja fielmente la experiencia del interesado. Ese lenguaje consagra que es políticamente incorrecto afirmar que las personas queer pueden cambiar, no por un acto de voluntad, sino porque la sexualidad puede ser voluble. Por ello, en vez de resultar ofensivo suponer que alguien cuya sexualidad cambia se había estado negando hasta entonces a aceptar la realidad, lo que resulta ofensivo es *no* poder afirmar precisamente eso.

Esa postura cae en la trampa que describió Baldwin: en vez de considerar que todas las expresiones del deseo son merecedoras de la misma dignidad, nuestra defensa del deseo por el mismo sexo termina acatando el discurso del opresor. Y, al hacerlo, borramos y limitamos la experiencia vital de las numerosísimas personas que, ayer como hoy, disfrutaron de una sexualidad y una comprensión de sus propias vidas mucho más compleja y matizada de lo que permiten las coordenadas del debate actual. En esencia, lo que vemos es a la heteronormatividad enrolando a los gais en la fiscalización heterosexual.

Lo más cerca que estuvimos de tener una pelea fue por Ben Whishaw. Estábamos en un pub que daba a una calle mojada por la lluvia, y comentaste que te había molestado que Ben Whishaw no hubiese sido honesto sobre su sexualidad. Yo creía que sí lo había sido, que su negativa a responder en un sentido u otro —cuando dijo que lo que le interesaba era la persona— había sido su forma de responder. Pero tú no lo veías así. Creo que tenías la impresión de que Whishaw, con sus vaguedades, había mentido. Y sin embargo, cuando se casó con un hombre, todo el mundo lo alabó como si se tratara de un pionero. A mí, todo esto me parecía fatal: que te pregunten explícitamente si eres gay, y negarte a responder afirmando, en cambio, que lo que te interesa es la persona, me parece un rechazo categórico de la heteronormatividad. Responder que lo que te interesa es la persona me parece bastante queer; es como si lo estuviera reconociendo sin aceptar que se inmiscuyan ni un solo paso más en su intimidad ni que lo encasillen en una burda categoría. Sobre todo, me pareció honesto. Eso fue más o menos lo que te dije. Recuerdo que te subías por las paredes, pero no cómo terminó la discusión. Creo que simplemente cambiamos de tema. Intuí que tú y yo teníamos exigencias contrapuestas: tú querías reconocimiento y solidaridad explícitos; y yo, que aceptaras que hay matices y rechazaras el imperativo de abrirse a todo el mundo. Para mí, es vital resistirse a abrir la puerta de mi alma y permitir que cualquiera entre a darse un paseo. Sin embargo, aunque pueda tener mis razones para que eso sea de vital importancia en mi vida, también soy consciente de que tu experiencia puede tener unas prioridades distintas. Aparcamos las diferencias que pudiéramos tener. Entonces sonreíste, cogiste un pudding de Yorkshire enorme de tu plato y lo sostuviste al sol para que saliera mejor en la foto que le hiciste con tu móvil.

Sin embargo, los activistas que atacaron a Nixon imponen sus tesis como si se tratara de un imperativo moral. En su opinión, sostener que la sexualidad puede ser un constructo social o ser susceptible de cambiar equivale a apoyar precisamente las mismas fuerzas que oprimen y discriminan a los gais. Con todo, tal y como observa Ward, el saber científico en torno a la idea de una sexualidad innata también descansa en categorías subjetivas y en varias suposiciones cuestionables:

Insistir en que uno nace heterosexual u homosexual es participar de una ciencia que se basa en una comprensión históricamente recentísima y específicamente europea-estadounidense de lo que significa ser gay. ¿Es homosexual cualquiera que haya experimentado alguna vez deseo por alguien de su mismo sexo? ¿Qué entendemos por deseo? Si para ser gay es preciso materializar esos deseos, ¿cuántas veces hay que hacerlo? ¿Cuál es el peso de las circunstancias o los contextos culturales? ¿Las explicaciones que damos son distintas para hombres y mujeres?

… Tal y como explica Rebecca Jordan-Young, esas son precisamente las cuestiones básicas que han aquejado al emergente campo de investigación del «cerebro sexuado», dando como resultado tres errores de medición principales: definiciones de la orientación sexual contradictorias y excesivamente simplistas, basadas a menudo en estudios anteriores sobre la conducta animal que se extrapolan a la sexualidad humana; incoherencias en los métodos de medición de la homosexualidad y la heterosexualidad según se estudien en hombres o mujeres; y una falta de consenso sobre la frecuencia, o el grado, en que un individuo ha de ser «homosexual» (en sus actos, pensamientos y deseos) para ser considerado como tal a efectos científicos.

Como predijo Baldwin, si aceptamos la premisa de que la sexualidad viene determinada por la biología, nos exponemos a capitular ante el razonamiento homófobo de que ese deseo sólo resulta aceptable si es innato.

Cada vez más gente cree que la sexualidad es innata. El 13 por ciento de la población estadounidense así lo creía en 1977, un 31 por ciento en 1998, y un 52 por ciento en 2010. Desde el activismo homosexual se aceptó esta línea de pensamiento como respuesta a los ataques homófobos contra sus derechos y las cada vez más extendidas terapias de conversión. Parecía conveniente afirmar que la sexualidad era tan inmutable como la raza. Lo que Appiah llama «fijación racial» se ha convertido hoy en una fijación por la sexualidad: la idea de una esencia racial se ha transferido a la idea de una esencia de la sexualidad. Sin embargo, la sexualidad puede mutar, aun siendo resistente a los cambios. El psicoanálisis y la psicología nos dicen que ciertos aspectos intocables de nuestro ser pueden obedecer en realidad a una intervención externa o ser fruto de una decisión voluntaria. La sexualidad puede ser resistente a la «cura», siendo al mismo tiempo algo transitorio.

Un amigo me confió que una de las razones de su escepticismo a propósito de la bisexualidad eran los encuentros que había tenido en el instituto. En teoría, mi posición no le resultaba problemática. Sin embargo, en la práctica sí que se lo resultaba porque aseguraba que había muchísima gente que negaba sus sentimientos. Siendo un adolescente gay, le costaba entender cómo a veces un chico podía tontear con él o incluso darle un beso en la discoteca de la escuela y luego, al cabo de unas semanas, verlo salir con una chica.

Estoy seguro de que todos nosotros, seamos hetero o queer, nos reconocemos en esta historia. Su generalidad es lo que me sorprende. Hay algo universal en el hecho de sentirse defraudado en el amor, en sentir que una promesa ha quedado insatisfecha.

Goodman alude a ello cuando describe sus sentimientos sobre verse rechazado:

No me quejo de que mis insinuaciones no sean aceptadas; nadie tiene el derecho a ser amado (salvo los niños pequeños). Pero a mí me desprecian por el simple hecho de insinuarme, por ser yo mismo. A nadie le gusta que le rechacen, pero hay una forma de rechazo que no te niega el derecho a existir, una forma de rechazo que es casi tan agradable como que te acepten. Casi nunca he disfrutado de ese trato.

Goodman era bisexual y se refiere aquí a la singular experiencia de ser queer y de que te eviten aquellas personas a las que deseas. Sin embargo, sus palabras también nos hablan de algo más universal: ver cómo te es negada tu propia dignidad.

No creo que todos los chicos de esa discoteca de instituto sean hoy gais en secreto y vivan en matrimonios sin amor. Intuyo que, a la mayoría de esos chicos, sencillamente mi amigo no les gustaba lo bastante como para atreverse a continuar, o no lo suficiente como para enfrentarse a las incómodas preguntas sobre lo que podía significar aquel sentimiento. Y *no* podemos confundir esas dos explicaciones. Porque muchos habremos defraudado a alguien a quien le gustábamos por no estar a la altura de lo que podía presagiarse. La diferencia, y no es baladí, es cuando no nos vemos capaces de perseguir una relación prometedora como consecuencia de todos los problemas que siguen rodeando al sexo.

Se trata de una distinción que a menudo resulta imposible de percibir; de ahí que sea también peligroso fiscalizarla. Sin embargo, un mundo en el que las personas puedan manifestar libremente cada momento de deseo, sin que su expresión sea de inmediato considerada síntoma de diferencia patológica, trataría a esos individuos con más dignidad. Si lo hacemos, les brindaremos también a ellos la posibilidad de tratar a los demás con mayor dignidad. En ambos casos, lo que importa es el *quién* y no el *qué*.

Greenwell escribe un maravilloso retrato de la especificidad de la exclusión queer en *Lo que te pertenece*, cuando el narrador adolescente es rechazado por su mejor amigo, K., quien se aparta de él cuando «sentí que me identificaba con la pestilencia».[35] Comparten los dos un momento de intimidad física, que K. rechaza tácitamente cuando se busca una novia y le «enumera sus sentimientos» al narrador. El relato de esa intimidad tiene una doble función: invita al narrador a entrar, pero al mismo tiempo se le demuestra que ese lugar es inaccesible para él. Finalmente, K. invita a su novia y al narrador a su casa, donde los «sentimientos [de la pareja] eran luminosos y abiertos, seguros de cuál era su lugar». Ello choca con la experiencia del deseo por el mismo sexo. Cuando al narrador se le pide que vigile la puerta del dormitorio, entiende finalmente que no está ahí «como guardián sino como espectador». Se trata de un tropo habitual en la historia literaria: el sujeto queer como extraño —observador y notario— de las vidas heterosexuales.

Aun así, *todavía* pienso que no puede deducirse de ello que cada adolescente, ni tampoco todo adulto, que mantenga un contacto del mismo sexo esté alimentando algún anhelo profundo y reprimido. Eso huele a excepcionalismo, es decir: considerarnos excepcionales por ser personas liberadas y conformarnos con el triste consuelo de pensar que no nos rechazan personalmente, sino que hay que achacar ese rechazo a las perversas dinámicas de una sociedad homófoba. Aunque no hay duda de que esto último puede ser cierto, pensar que siempre es así es tanto como negar a los demás la capacidad de ser o entenderse a sí mismos con la misma claridad que nos arrogamos para nuestras vidas. Esa forma de fiscalización siempre presupone una falsa conciencia en los demás, nunca en nosotros mismos. Supone la perpetuación de una consideración del mundo en la que reina la mala fe.

Lo que duele es aceptar que, cuando alguien te rechaza, se deba a que no te desea con la fuerza suficiente. Eso es lo que ocurre *siempre*. Incluso en aquellos casos en los que amarme supone un riesgo demasiado grande, un enfrentamiento con lo que puede significar ese deseo por mí, sigue siendo incuestionable que ese deseo por mí no es lo bastante fuerte para imponerse al riesgo. Lo importante es si ese rechazo no entra en colisión con mi derecho a existir como soy. Que no te traten con esa necesaria dignidad no es algo que sólo le ocurra a la gente queer.

Claro que me dio pena cuando dejaste de dar señales de vida. Tus silencios no eran algo nuevo, pero ese silencio tan prolongado sí lo era. Pensé, iluso de mí, que tenía que haber algo que pudiera hacer o decir para romper el silencio. Sabía que todo esto era nuevo para ti. Siempre fuiste totalmente sincero conmigo. Pero sé que no funcionó porque yo no era la persona que necesitabas. Creer lo contrario presupone un saber que no puedo tener y os haría a ti y a tu actual pareja un flaco favor si insisto en ello. Creo que eres feliz y, como siempre, me maravilla la lucidez con la que ves la vida y reconoces, en lo que ves, lo que necesitas de ella. Es esa lucidez tuya la que me obliga a aceptar que sabías que no me necesitabas. Eso duele. Duele pensar que mantener el contacto contigo pueda hacerte daño. Echo de menos la esperanza que trajiste a mi vida. Te echo de menos.

Si tantos heteros tienen sexo entre sí, ¿entonces qué diablos significa ser hetero? Jane Ward lo describe como una proposición tautológica en virtud de la cual la heterosexualidad se construye, no a través del sexo heterosexual, sino «a través de la articulación de una adhesión a la heteronormatividad». Para estos hombres, la homosexualidad queda asociada a la «otredad» y no guarda relación alguna con su conducta con el mismo sexo, que a menudo es interpretada como una manifestación de su propia masculinidad.

Ward destaca la incongruencia de que la masculinidad «suela asimilarse a una agencia extraordinaria» que, sin embargo, está ausente cuando se trata de la homosexualidad. Sostiene que el patriarcado y la cultura de la violación se han basado en una versión de la masculinidad que considera que los hombres son más primarios y están dotados de una menor libertad de acción sexual que las mujeres. Los gais, afirma Ward, tienden en mucho mayor grado a ver su sexualidad como algo innato, mientras que los hombres heterosexuales suelen excusar sus contactos homosexuales como algo que escapa a su control, ya sea como resultado de una situación concreta (una condena a prisión, por ejemplo), una profunda necesidad de amistad masculina o una expresión de carácter ritual. En última instancia, esos dogmas sobre la diferencia entre la sexualidad de hombres y mujeres refuerzan los binarismos de género y hetero-homo al mismo tiempo.

A quienes sostienen que hemos de tomarnos en serio esas excusas, debo decirles que aceptar que la heterosexualidad está supeditada a un cumplimiento y manifestación constantes no hace sino demostrar su falibilidad. Cualesquiera que sean los motivos, esas demarcaciones nítidas —las fronteras entre heterosexualidad y homosexualidad— resultan ser porosas.

En mi trabajo anterior sobre el sexo en las prisiones, me sorprendió comprobar que se quitara hierro a los casos de conducta homosexual por parte de reclusos heterosexuales esgrimiendo que se trataba meramente de una «homosexualidad situacional» u «homosexualidad oportunista». Esas excusas las utilizaban los propios participantes, el personal de prisiones, los organismos por la mejora de los centros penitenciarios y los investigadores. Sin embargo, esas descripciones suelen basarse en estereotipos muy trillados: los hombres buscan y encuentran sexo en cualquier modalidad disponible; las mujeres reproducen tiernas relaciones domésticas. Nunca se le da la vuelta a esa suposición: en vez de que hombres y mujeres manifiesten sus impulsos por el mismo sexo por necesidad, cabría considerar que ciertos entornos pueden normalizar esos impulsos y facilitar que algunas personas lleven a cabo lo que en otra situación no serían capaces de plantearse. Al significado de «oportunista» se le priva de toda su fuerza: esa conducta hacia el mismo sexo, lejos de tratarse de algo en cierta forma irreal, es una respuesta a una oportunidad, una situación en la que los participantes sienten que pueden actuar sin *pagar las consecuencias*.

No voy a posicionarme sobre cuál de esos argumentos es más acertado o convincente. Puede variar según el caso. Puede que sean las dos cosas al mismo tiempo. Pero la presunción en favor de la heterosexualidad resulta, de por sí, reveladora.

Muchas teorías contemporáneas parecen omitir la explicación más obvia del contacto entre personas del mismo sexo: la gente mantiene relaciones homosexuales porque le apetece. En tal caso, cabría preguntarse si esas excusas no sirven para salvaguardar la ilusión de que la atracción por el mismo sexo es algo infrecuente y antinatural, una aberración. El hecho de que algunas conductas puedan justificarse como fruto de la necesidad o incluso defenderse como un alarde irónico de heterosexualidad establece una distinción entre esas conductas y una homosexualidad «auténtica», quedando esta última relegada a una verdadera «otredad», al ser considerada desviada e infrecuente. Esos discursos apuntalan la concepción binaria de la sexualidad, acudiendo al rescate de la creencia en la primacía heterosexual, cuando ésta se está viniendo abajo. Tal y como apunta Ward:

Para justificar el sexo de hombres heterosexuales con otros hombres hay que esgrimir hipótesis imaginativas, marcos conceptuales muy sofisticados y listas de incontables circunstancias y situaciones que menoscaban la libertad de acción sexual del varón … Aparte del evidente problema de negar a los hombres que se identifican como heterosexuales un camino autónomo hacia el sexo homosexual, estas maniobras retóricas delatan las trampas del binarismo heterosexual/homosexual en términos más generales. Para empezar, ilustran la fragilidad tautológica de la construcción de la heterosexualidad y la homosexualidad.

Escribiendo en los setenta, Altman aseguraba que «pocos homosexuales van a negar su componente hetero» y que eso demostraba una mejor comprensión de la universalidad y complejidad de los deseos sexuales. Sin embargo, dada la cada vez mayor insistencia en el carácter innato de la sexualidad, la situación ya no es la misma. Hay quien ve una amenaza existencial en cualquier cuestionamiento de ese innatismo de la sexualidad. Ward recoge la virulenta respuesta que recibió de algunos gais a una entrada de su blog en la que analizaba ciertos enfoques construccionistas del deseo sexual. Hubo quien la llamó «puta zorra», otros la llamaron «perra estúpida». Algunos citaron la obra de Diamond para sugerir que el deseo femenino es relacional y flexible, mientras que el masculino es fijo y está determinado biológicamente. Ward termina preguntándose por qué los gais se aferran con tanto ahínco a ese tipo de discurso, por más pruebas que haya en sentido contrario. Concluye que las estructuras patriarcales que equiparan la homosexualidad masculina con la feminidad son tan dañinas que los gais se sienten más legitimados si su sexualidad es vista como una conducta determinada biológicamente y no como una abdicación del privilegio masculino o una mácula en su masculinidad.

Ward, como hemos visto, propone que esta distinción es deudora del dominio que ejerce el marco mental heterosexual. Yo, en cambio, creo que obedece al dominio ejercido por una problemática construcción de la masculinidad.

Altman atestiguó «una estrecha relación en nuestra sociedad entre la represión de la bisexualidad y el desarrollo de unos roles de género claramente delimitados». Inspirándose en la obra de Marcuse, sostenía que las sociedades occidentales han reprimido la sexualidad negando la bisexualidad que nos es inherente —la perversidad polimorfa de Freud— y eliminando el componente erótico de todos los aspectos de la vida que no sean explícitamente sexuales. La negación de nuestra bisexualidad, afirmaba Altman, se basa en una tendencia capitalista y deshumanizadora a clasificar y, en particular, en «los conceptos perfectamente acotados de masculino y femenino que dominan nuestra conciencia y contribuyen al mantenimiento de la supremacía masculina». En tal situación, la homosexualidad supone una afrenta para el modo en que se organiza la sociedad.

Ello salta a la vista en la casi universal condena de los hombres que disfrutan del rol pasivo en el sexo homosexual. En la Grecia antigua y en la Florencia del Renacimiento no se concebía que el hombre pudiera *disfrutar* como pasivo: se suponía que los jóvenes que desempeñaban ese papel lo hacían solamente por el respeto y prestigio que obtendrían de ello; mientras que al hombre mayor sólo se le permitía disfrutar del rol activo. Disfrutar como pasivo era un síntoma de degeneración. La pasividad era equiparada a la feminidad.

La misoginia ha demostrado ser más duradera que la homofobia. En muchas sociedades, no era el deseo por el mismo sexo lo que se tenía por inferior, sino lo femenino. En la Inglaterra de principios de la Edad Moderna, se consideraba que un amor excesivo por las mujeres podía ser causa de afeminamiento, no el amor por los hombres jóvenes. Sin ir más lejos, en el epigrama «El malabarista» de John Donne, la voz del poema cuestiona esa convención al *no* aceptar la superior masculinidad del destinatario, que es amante de los muchachos:

Porque amo los placeres de las mujeres me llamáis afeminado;
Yo no os llamo varonil por más que persigáis a los muchachos.[36]

Lo imperecedero es el valor inferior de la mujer.

Halperin cree que una de las ventajas de la aparición del homosexual como categoría diferenciada es que acaba con la jerarquía sexual entre participantes. Apunta que el sexo entre hombres en la Florencia del Renacimiento es «sexo como jerarquía, no como reciprocidad, sexo como algo que le hace alguien a otro, no como una búsqueda conjunta de un placer compartido o una experiencia estrictamente personal e íntima». La aparición de la identidad homosexual señala un cambio desde una sexualidad que distingue entre penetrado y penetrador, a una sexualidad basada en la elección de objeto sexual.

Si bien se trata de un cambio claramente positivo, creo que Halperin tiene una visión tal vez en exceso romántica del alcance de su bondad. Tal y como indica Ward, los hombres hetero ven su sexualidad en oposición a la homosexualidad precisamente porque se creen distintos por conservar su masculinidad. Al mismo tiempo, ciertos sectores de la cultura gay —«mascxmasc», por ejemplo— formulan siempre las mismas hipótesis sobre la feminidad y lo que significa ser exclusivamente pasivo. En la medida en que la homosexualidad *mainstream* aspira cada vez más a calcar ciertos aspectos del mundo heterosexual, las demarcaciones de la heterosexualidad están siendo obviamente recreadas al otro lado de la barrera.

Recuerdo que, siendo adolescente, me repugnaba la pornografía heterosexual porque siempre representaba a la mujer como receptora pasiva de sexo, siendo a menudo usada según las fantasías sexuales del hombre. Aquello no tenía nada que ver con el sexo entendido como encuentro del deseo, el placer mutuo o una intimidad compartida, sino que era un acto que realizaba una persona a otra. En esa época, el porno gay me parecía refrescante en su aparente igualitarismo. Había hombres jóvenes que se besaban, que se la mamaban el uno al otro y que quizá se follaban también por turnos, pero el lenguaje físico no estaba obsesionado con aquel reparto por el que uno era agente de su propio deseo y el otro mero receptáculo del mismo. Hoy veo que mucho porno gay reproduce esos excesos de sus homólogos heteros: una fetichización cada vez más acusada de las fantasías de violación, el desarrollo del sexo como algo que se hace a otra persona o, en términos más generales, el pasivo siendo objeto de uso y abuso, mero receptáculo para el hombre activo y dominante. El lenguaje de esa cultura gay parece recrear esa misma misoginia de la que quise escapar.

Con todo, de la misma forma que la homosexualidad puede reproducir los roles demarcados del sexo heterosexual, también puede ocurrir lo contrario. El sexo queer tiene el potencial de liberar a la heterosexualidad de sus limitaciones prescriptivas. En *Bluets*, Maggie Nelson nos habla de un ex novio y de cómo «fue más o menos entonces cuando lo pensé: follamos bien porque él es un activo pasivo y yo soy una pasiva activa». Esta frase en apariencia superficial fue como una liberación. Me emocionó la idea de que la sexualidad queer pudiera influir e incluso convertirse en sexualidad hetero, me emocionó que la fluidez de roles y el rechazo a las «normas» de género en el sexo, que la idea de que la biología no determina nuestro destino, que todo ello pudiera aplicarse también fuera de la cama. Descubrir que la comprensión del sexo en la que me eduqué, más propia de principios de siglo XX, pudiera quedar pulverizada, quién lo iba a decir, por la homosexualidad, me hizo ver mi heterosexualidad con un optimismo que nunca antes habría imaginado posible.

Me hablaste de una canción que estabas componiendo. Querías que se apartara de los caminos trillados, que el hombre se mostrara dubitativo, inseguro, sobre su atracción por la mujer. En vez de sentirse tranquilo y confiado, el chico iba a estar desesperado por que ella tomara la iniciativa. No me lo dijiste, pero me pregunté si ese hombre eras tú. Lo entendí y me sentí identificado. Es verdad que nuestra cultura sospecha de los hombres que no son asertivos en el terreno sexual. Te hablé de un amigo mío hetero. Como es tierno y habla con dulzura la gente se pregunta si es gay. Y, por lo visto, no puede haber peor acusación para un hombre heterosexual. O para la sociedad. Que un hombre sea amable y tierno con las mujeres significa que no puede desearlas. Y eso era lo que veía en ti: una ternura cuando me ofrecías un cigarrillo, una suavidad en el tono de tu voz, una vacilación en tus gestos. Estas cosas nos causan problemas.

Cavilando sobre los motivos del miedo y asco que sienten los homófobos, Bindel considera:

La respuesta es, por supuesto, que presentamos una evidente amenaza, aunque no sea esa nuestra intención, contra el patriarcado y la supremacía masculina sobre las mujeres y los niños. El patriarcado dicta las normas del sexo, incluso.

Por eso los hombres bisexuales lo pasan tan mal y por eso a tantas personas les cuesta entender el trabajo de Jane Ward. La adhesión social exige de la sexualidad masculina que se decante por una de dos opciones, y esa exigencia resulta tan crucial que la sociedad tildará a los «reincidentes» de gais con independencia de sus actos heterosexuales, mientras que los propios interesados considerarán intranscendente cualquier contacto entre personas del mismo sexo que hayan podido tener. El papel de la masculinidad en esos roles sexuales perfectamente delimitados puede observarse en la superioridad histórica del pederasta masculino activo sobre el invertido sexual pasivo.

Asegurar que la sexualidad, y, en particular, la sexualidad masculina, puede ser fluida —es decir, que un hombre puede elegir en un momento dado tener sexo con otro hombre y, al cabo de un tiempo, tener sexo con una mujer, y sostener que ello no se debe a ningún tipo de represión ni tampoco es producto de la casualidad ni de la necesidad— cuestiona los cimientos del patriarcado y la primacía que éste otorga a cierto tipo de masculinidad.

Baldwin decía que los homosexuales eran víctimas de maltrato y violencia precisamente *porque* quienes no lo son ven representada en ellos una faceta de sí mismos. Esa es también la posición de Altman. Más inconformista si cabe, esa postura implica el rechazo de la diferencia o, como mínimo, un rechazo de una diferencia que se funda a expensas de la solidaridad. Para Baldwin, lo importante es nuestra común humanidad, la universalidad del deseo. El hecho de fijarse en un tipo de deseo y considerarlo patológico y diferente es una forma de opresión.

La bisexualidad masculina cuestiona tanto la heterosexualidad como la masculinidad. Si homosexuales y heterosexuales fiscalizan el binarismo con tanto rigor es con el objetivo de salvaguardar la ilusión de la heterosexualidad, así como su primacía y normalidad. Una sexualidad fluida supone un desafío al proponer que esas cosas no son inamovibles y tampoco constituyen una dicotomía. Abre la posibilidad de que no exista división. Si la atracción sexual, en vez de considerarse inventada o sintomática de algún tipo de negación psicológica, se revela variada y múltiple para muchos de nosotros, cuando no todos, entonces las presunciones patriarcales y heteronormativas sobre la homosexualidad como forma de otredad quedarán en tela de juicio. Al mismo tiempo, puedo adherirme al paradigma masculino de la heterosexualidad y optar por el sexo homosexual; puedo tener relaciones sexuales con una mujer, pero como pasivo. Los roles de género también se vienen abajo.

Antaño, el homosexual planteaba un reto a la heterosexualidad. Hoy, el bisexual liminar supone una amenaza a la idea misma de un binarismo hetero-homo y de unos roles masculino y femenino prestablecidos. Al cuestionar las presunciones en torno a la masculinidad, la capacidad de acción y el dominio sexual masculinos, una sexualidad fluida amenaza las presunciones de superioridad sobre las que descansa la masculinidad. Si una mujer hetero puede actuar como pasiva dominante o como activa dominante, si un hombre puede elegir entre ser pasivo con otro hombre o con una mujer, y luego, en otra ocasión, ser activo, las presunciones tradicionales de valor empiezan a desmoronarse. Los cimientos de la masculinidad quedan cuestionados, el edificio sobre el que se erigen las ideas de masculinidad, privilegio masculino y diferencia se ve amenazado.

«Una minoría —dice George en *Un hombre soltero*, de Christopher Isherwood— sólo se considera como tal cuando representa algún tipo de amenaza, real o imaginaria, para la mayoría. Y ninguna amenaza es nunca enteramente imaginaria.»[37]

Yo suspendo en masculinidad. Reconozco que mi bisexualidad significa que suspendo en el intento de encarnar plenamente un paradigma masculino. Pero he llegado a la conclusión de que en ese suspenso reside la masculinidad. Todos suspendemos, no podemos escapar a ese suspenso. Esa es la idea. El poder de la masculinidad deriva del agobio que a diario nos asalta a todos cuando entendemos que suspendemos en masculinidad, que no conseguimos encarnar el ideal que ésta exige de nosotros. Lo que debemos aceptar es que, para la masculinidad, ser un hombre significa suspender en el intento de serlo. Sólo entonces tal vez podamos aceptar que la masculinidad es dañina y que ser un hombre no tiene absolutamente nada que ver con ello. Es posible que suspenda en masculinidad, pero no suspendo como hombre.

En el campo de los estudios literarios, se observa un cuestionamiento cada vez más severo de las lecturas —ejercicios críticos— que dan por supuesta la existencia de mala fe en los textos. Cuando Rita Felsky describe el funcionamiento de la crítica podría estar refiriéndose perfectamente al lenguaje y enfoque predominantes en los análisis de la sexualidad:

La crítica es algo secundario. Una crítica siempre es una crítica *de* algo … Sin embargo, aunque sea secundaria, la crítica dista mucho de ser sumisa. Aspira a arrancarle al texto un relato distinto del que ofrece de sí mismo. De este modo, asume que encontrará, y vencerá, una resistencia. Si no hubiera resistencia, si la verdad fuera evidente y obvia para todo lector, el ejercicio crítico sería innecesario. Su objetivo no es la servil reconstrucción de un significado original o verdadero, sino una contralectura que trae a la luz impresiones previamente insondables.[38]

Felsky añade a continuación que la crítica tiende a un pensamiento autorreflexivo, el imperativo reiteradamente dirigido a los individuos de que reflexionen, comprueben si hay indicios de negación y vuelvan a confesar. Los adalides de la crítica participan de una «afición compartida a un *ethos* particular; una posición de saber, cautela, sospecha y vigilancia». Eso tiene mucho que ver con el concepto de «hiperconciencia» en J. M. Coetzee, que el autor diagnostica como una enfermedad característica de la modernidad.[39] Ese estado mental, del que el hombre del subsuelo de la novela de Dostoievski *Apuntes del subsuelo* constituye un buen ejemplo, se caracteriza por un constante autoanálisis, que siempre aplaza el momento de su resolución, intentando encontrar nuevas capas de autoengaño. «La tendencia de la autoconciencia es a arrastrar la confesión incesantemente».

El ensayo de Coetzee tiene por objeto la confesión y la necesidad humana de encontrar la absolución en una época profana como la nuestra.

Por la naturaleza de la conciencia, Dostoievski indica que el yo no puede decirse su propia verdad y quedar en descanso, sin la posibilidad del autoengaño … La autoconciencia no le dará la respuesta, porque la autoconciencia en *Apuntes del subsuelo* es una enfermedad.

El yo no puede alcanzar jamás la verdad; lo único que puede revelar es el propio yo. Por tanto, la autoconfesión nunca podrá alcanzar una conclusión satisfactoria; después de cada confesión, el yo empezará a buscar nuevos grados de autoengaño y, tras haber descubierto otras capas posibles de negación y mala fe, podrá realizar una nueva confesión provisional, antes de recomenzar todo el proceso.

La hiperconciencia de Coetzee es una forma de locura. Es banal, pero seductora, pues presenta todos los atributos de la razón, aunque sea irracional en su búsqueda, porque nunca podrá revelar la verdad que persigue. La hiperconciencia de Coetzee se parece muchísimo a la descripción del funcionamiento de la depresión que propone Simon Critchley en *Apuntes sobre el suicidio*.[40] Nuestros pensamientos sobre el mundo, ese cavilar que puede llevarnos al suicidio, presentan todos los atributos de la razón: racionalizamos nuestros pensamientos, nuestros dilemas, pero los pensamientos están cercenados de nuestra experiencia.

Foucault observa algo parecido en *Vigilar y castigar*, señalando que los sujetos sometidos a control disciplinario interiorizan esas normas hasta convertirse en vigilantes de su propia conducta, «*sujetos* tan controlados como autoexaminados y autoformados de nuestro propio conocimiento».[41] La consecuencia es una autofiscalización en busca de una resolución que nunca llegará. Y nunca llegará porque el lenguaje y las categorías del «control disciplinario» no pueden dar cuenta de la plenitud de nuestros deseos.

Una vez, mientras esperaba en la estación de Saint James Park, me di cuenta de que me había fijado en tres chicos que habían pasado por el andén. Tuve la sensación de que me estaba autofiscalizando una vez más. El escepticismo que se permitían los demás, y que ahora vertía sobre mí, vería en ello una prueba de mi homosexualidad. Sin embargo, pasaron los minutos y caí en que, además de a esos tres hombres, también me había fijado en dos mujeres. Tanto gais como heteros me acusan de mentirme a mí mismo y entonces me siento cohibido y busco cualquier indicio de que llevan razón. Pero el imperativo de observar la desviación no vigila la heterosexualidad; a la policía de ese país fronterizo sólo le preocupa descubrir homosexuales.

Mucho se ha especulado sobre la sexualidad de John Cheever. El hecho de que su deseo por el mismo sexo le preocupara tanto es interpretado, por algunos autores, como prueba de que su *verdadera* naturaleza era homosexual. Lo que me cuesta aceptar es en cierto modo el atolladero en el que se ve la persona bisexual, la existencia de ese ineludible contexto en el que se sitúa mi sexualidad. Soy consciente de que, cuanto más problemática social y culturalmente sea nuestra homosexualidad, más fácil será que ésta sea lo único que se vea. Y cuanto mayor sea la exigencia de verla, asumirla y comprenderla, tanto mayor será su importancia a nuestros ojos.

No dudo de la bisexualidad de Paul Goodman, pese a que sus últimos ensayos no incluyan un capítulo —un foco de interés— sobre su heterosexualidad. Acepto que piensa y escribe sobre su experiencia queer porque resulta problemática en nuestra sociedad, mientras que su heterosexualidad no lo es.

Me ha pasado años peleándome con esto. Mi deseo por el mismo sexo a veces puede llegar a cegarme. Pero no porque ocupe todo mi ser y todo mi deseo, sino porque se me pide reiteradamente que lo explique y le dé sentido. Esa exigencia no se plantea a la experiencia normativa, por el simple hecho de que la experiencia normativa es lo normal. De ahí que parte de la perplejidad, de la confusión, de mi sexualidad proceda del exterior, del imperativo externo a explicarme, a darme sentido frente a los demás.

Por tanto, me parece perfectamente posible que Cheever fuera sinceramente bisexual, pero que su deseo por el mismo sexo le preocupara hasta terminar obsesionado con él. Asimismo, también es posible que le obsesionara porque era todo lo que podía ver. Pero no lo sé, no lo podemos saber.

Suelo ir a nadar. Pese a que nado con regularidad, sé que mi técnica no es todo lo buena que debería ser. El club de natación al que voy ofrece clases de grupo para quienes quieren mejorar. La entrenadora me dijo hace unas pocas semanas que el crol me cuesta porque mi patada natural es de braza. Aunque mi mente le ordene a mi cuerpo que he de poner los pies en punta y los talones han de mirar a la pared del fondo, mis piernas siguen recurriendo a la patada de braza. La entrenadora me dijo que había visto a muchos niños con una patada natural de braza. «¿No te enseñaron a nadar a crol?», me preguntó. Le respondí que sí, pero que en mi primera adolescencia hacía dos horas de natación después del colegio todos los días. Y eran dos horas de braza. «Seguro que fue por eso», dijo ella. «Elegiste la braza porque tienes una patada innata de braza.» Yo, en cambio, pensé que quizá había desarrollado esa patada por las diez horas semanales de braza que había hecho. Quizá por eso se convirtió en mi solución por defecto.

¿Qué fue antes? ¿Tiene importancia?

Como me ocurre con Cheever, no sé cuál de las dos opciones es la que se ajusta a la verdad. Tampoco sé cómo voy a poder averiguarlo. En cambio, sí sé que la importancia que le damos a esta cuestión obedece al prejuicio social que exige un relato de nosotros mismos que no se les pide a los demás.

Quienes no se ciñen a lo gay o lo heterosexual se ven en la desafortunada tesitura de ser sometidos a la valoración y juicio de la sociedad, mientras se les dice que son los menos indicados para pronunciarse sobre la verdad de sus sentimientos y deseos, ya que se les considera blanco fácil de mecanismos de defensa como la represión y la negación. Así pues, al sujeto bisexual se le pide que reconsidere su situación y vuelva a confesar, mientras que al mismo tiempo toda respuesta suya que diverja del juicio exterior será interpretada como una prueba más de la profundidad de su autoengaño.

Cuando a David Bowie se le preguntó en 1979 por su bisexualidad en un entorno más o menos progresista como el que ofrecía el programa de entrevistas *Afternoon Plus*,[42] la presentadora se negó a aceptar su respuesta: «Se le ha hecho esta pregunta, si es usted bisexual o no —dijo Mavis Nicholson—, y no me ha respondido del todo.» «Claro que sí —replicó Bowie—. Le he dicho que soy bisexual. Con eso basta.»

NICHOLSON: Pero, ¿significa eso que lo es *de verdad*, o bien que hay algo que se está guardando?

BOWIE: Ya le he respondido.

Sin embargo, esa respuesta, aún hoy, resulta insuficiente, dada la concepción binaria de la sexualidad y la necesidad de hallar respuestas concluyentes. Para nuestros fiscales, lo único que importa es averiguar hasta qué punto un individuo determinado ha tenido la fuerza y la lucidez necesarias para reconocer y aceptar la «verdad», vista como algo obvio por la comunidad. A quienes vivimos en este estado de confusión radical se nos supone que estamos actuando de mala fe en todo momento: si negamos el binarismo, es porque caemos en la negación; si nuestra sexualidad termina amoldándose más adelante al binarismo, entonces es que antes teníamos que estar mintiendo.

Nuestros deseos sexuales se juzgarán genuinos o no, pero no en sus propios términos, sino tal y como sean valorados por una mirada exterior.

Asumir en toda circunstancia que la *única* cuestión que deben arrostrar las personas atraídas por ambos sexos es su homosexualidad no hace sino negar la complejidad y los problemas a los que deben enfrentarse en todas las demás facetas de sus vidas. Una vez más, se trata de una forma sutil de homofobia, pues se considera que el deseo homosexual es problemático, y que lo es en mayor medida que cualquier otro asunto al que haya de hacer frente un individuo. El escepticismo y la desconfianza que rodean la homosexualidad le dan un papel protagonista como motivo principal de represión.

Altman describe una bisexualidad universal, por la que aboga basándose en que el deseo por personas del mismo sexo y del sexo opuesto forma parte *en potencia* de todos nosotros, pero también como ejercicio político mediante el cual las personas queer pueden obtener aceptación, cosa distinta de la tolerancia, «mediante una transformación de la sociedad, logrando que ésta se fundamente en un "nuevo humano" que, ya sea hombre o mujer, pueda aceptar la naturaleza polifacética y variada de su identidad sexual».

Los homosexuales que gustan de señalar que todo el mundo es queer —«de forma latente o descarada», en palabras de una joven—, pocas veces aceptan que, de la misma forma, todo el mundo es hetero, y que reprimir lo uno resulta tan perjudicial como reprimir lo otro. Acaso sea la función histórica del homosexual el superar esta forma particular de represión y llevar a su conclusión lógica la tesis freudiana de nuestra bisexualidad innata.

Sin embargo, tal y como insinúa tácitamente Altman, la sospecha en torno a la sexualidad sólo se da en un sentido. La sociedad desconfía de quienes afirman sentirse atraídos por ambos sexos por un amplio abanico de motivos, pero sobre todo por nuestra obsesión con la posibilidad de que la represión tenga algún papel en ello. Sospechamos que el bisexual no ha asumido su atracción por las personas del mismo sexo. Además de las habituales inquietudes que rodean al hecho de «salir del armario» y la sexualidad no heteronormativa, el relato que considera el deseo como algo inmutable y cognoscible exige una constante confesión y reevaluación a aquellas personas para las cuales la sexualidad es voluble o no se resuelve dicotómicamente. Quienes desconfían de la bisexualidad someten a los demás a un ejercicio constante de hiperconciencia tanto interior como exterior, interrogando la sinceridad de su «confesión». Ello convierte a los individuos en objetos de crítica. Al mismo tiempo, en la medida en que obligan a los bisexuales a interiorizar el discurso de la sexualidad binaria, nos exigen que comprobemos la verdad de nuestras afirmaciones y se nos trata como si no fuéramos del todo humanos.

Esta psicología barata, simplista, tan habitual entre la prensa y el público, que considera que sólo el homosexual conoce la represión y las dificultades, pasa por alto los múltiples modos en los que la crianza, los traumas y las crisis pueden traducirse en problemas para la expresión del deseo por personas del sexo opuesto. Altman especula sobre la incidencia de la vergüenza y el estigma en heterosexuales, aun reconociendo que son de distinta magnitud. Supongo que puede ser cierto, pero la sociedad sólo lo fiscaliza en casos de atracción por personas del mismo sexo. Probablemente, al hacerlo, ese tipo de discurso tal vez quiera demostrar que es consciente de que también está aquejado de tendencias opresoras. Sin embargo, su forma de hacerlo es prescriptiva y sigue problematizando la atracción por el mismo sexo como un fenómeno intrínsecamente trastornado, aunque el único trastorno sea la represión como consecuencia de una vergüenza impuesta desde fuera. Tenemos que reconocer que hay personas que han crecido en familias cariñosas y respetuosas para las que la atracción por el mismo sexo ya no es el tabú que fue en otros tiempos; mientras que, al mismo tiempo, tenemos también a quienes, por la razón que sea, encuentran dificultades para explorar su deseo heterosexual o les resulta difícil reconciliarlo con su atracción por el mismo sexo en una sociedad que impone el binarismo.

Sé que en mi caso las relaciones heterosexuales arrastran una bagaje distinto de las homosexuales. No creo que ello haga «verdaderas» a unas en detrimento de las otras. Sé lo que siento por las personas a las que he amado. Pero también sé por qué se complican a veces las cosas. No siempre se trata de algo tan sencillo como decir que no es fácil asumir la atracción por el mismo sexo. Muchos también tenemos motivos para que nos resulte difícil nuestra atracción por el sexo opuesto. Hay muchas cosas que pueden dificultarnos ser nosotros mismos de verdad.

Se había hecho tarde, había ido a Cork a un festival y estaba borracho. Había terminado de leer Éramos unos niños *y te escribí que habíamos vivido y amado como Patti y Robert. Te pregunté quién podía decidir el valor de lo vivido. Habíamos vivido juntos mientras te seguías viendo con tu novio, pero que eso no podía borrar la importancia de nuestra relación, que en cierto modo también había sido una forma de matrimonio. Su-*

pongo que, como un estúpido, te estaba diciendo que te amaba. Cosa que por supuesto ya sabías. Que todas esas noches que habíamos cenado en restaurantes mucho después de que bajaran la persiana, mientras los camareros nos prometían que no les importaba que nos quedáramos mientras ellos iban recogiendo las otras mesas; todos los años que habíamos vivido juntos, todas las veces que estuvimos tomando té en la librería al caer la tarde, que algunas relaciones perduran y conservan su profundidad sin sexo o después del sexo. Que el sexo no es en sí mismo un indicador de la profundidad de los sentimientos. El deseo no siempre es correspondido ni tampoco se materializa siempre. Lo que no acerté a decirte fue simplemente: Te quiero. Y que el libro me recordó, cuando Robert pinta la cocina y Patti compra chocolate con el poco dinero que le queda de su sueldo, a aquel día en que estuve cambiando los pomos de las puertas y tú habías bajado a comprar un Huevo de Pascua en pleno mes de enero para disipar la oscuridad y el frío.

El imperativo de amoldarse al binarismo —que interiorizamos, tal y como observó Foucault— puede ser perjudicial para la salud de los hombres y mujeres que no logran asumirlo. La necesidad de saber —la presunción de un conocimiento superior sobre los deseos de los demás— depara mayores problemas de salud mental en la población bisexual que en la homosexual. Un estudio realizado en 2012 por Stonewall reveló que el porcentaje de mujeres lesbianas que se habían autolesionado en el último año era del 18 por ciento, mientras que la cifra ascendía al 29 por ciento en el caso de las bisexuales; un 3 por ciento de los gais habían intentado quitarse la vida, mientras que la cifra entre la población masculina bisexual ascendía a casi el doble.[43] Es indiscutible que esa insistencia en una sexualidad binaria causa estragos, pero a menudo no se presta la debida atención a esos datos tan significativos.

A los humanos no se nos da bien vivir en la incertidumbre. Durante un tiempo, la incertidumbre me tenía tan agotado que me planteé salir del armario como gay simplemente por el descanso que esperaba encontrar en la certeza. Ser deshonesto me parecía un peaje razonable si con ello conseguía zanjar el asunto.

También recuerdo cuando te marchaste de mi casa la madrugada de un martes. Nos habíamos bebido una botella de vino y me dijiste tapándote la cara con las manos: «Ojalá lo supiera». Yo te dije: «Bienvenido a este mundo de sufrimiento». La verdad es que podría haberme ahorrado esa frivolidad inútil. Además, no era verdad. Te acompañé a la calle. Entonces volví corriendo a casa a buscar el pistón que usaba como pisapapeles y te lo di para que pudieras rozar los surcos que habían quedado en la superficie del pistón cuando reventó contra las válvulas de admisión, dejando unas rebabas de acero en forma de media luna. Pasaste los dedos por encima de los surcos como si quisieras descifrar las palabras que escondían.

Tu bici estaba en volandas, encadenada a una verja de hierro forjado que remataba un muro, como si la hubieras tirado allí y se hubiera quedado enganchada. Pensé que eras perfectamente capaz de haber conseguido algo así. Y después de despedirte de mí, nos volvimos los dos y vimos a un hombre que bajaba por la calle a esas horas de la mañana, y entonces, como si los dos hubiéramos decidido arriesgarnos, nos dimos un beso de buenas noches.

—Es la primera vez que beso a alguien que rasca —dijiste—. No está mal.

Y me regalaste esa sonrisa tuya que habría podido derretir el pistón o arrojado tu bicicleta por los aires.

La comprobación, el hecho de tener que mirar, ese miedo: eso es político. Pero el beso no lo fue. Era un simple beso.

La incertidumbre puede ser insoportable; al mismo tiempo todo está abierto y todo es negado.

En diciembre de 1817, caminando de vuelta a casa después de una comedia musical navideña, John Keats se enzarzó en un largo debate con sus amigos Charles Wentworth Dilke y Charles Brown. Más tarde, dejaría constancia escrita del mismo en una carta dirigida a sus hermanos George y Tom:

Muchas cosas se ensamblaron en mi mente, y de pronto me sobrecogió esa cualidad que integra plenamente a un hombre, esa cualidad que Shakespeare poseía tan grandemente; quiero decir *capacidad negativa*, o sea, cuando un hombre es capaz de ser en la incertidumbre, los misterios, las dudas, sin ninguna irritada búsqueda tras los hechos y las razones. Coleridge, por ejemplo, hubiera dejado escapar una bella pero aislada verosimilitud aprehendida en el santuario del Misterio, por ser incapaz de quedarse contento con un conocimiento a medias.[44]

Lo confieso: no tengo ningún convencimiento a este respecto en estos momentos. Sólo la convicción de que la duda con respecto a mí mismo me acompañará siempre.

Lo que he ido comprendiendo poco a poco es que, para mí, la sexualidad es un estado permanente de no saber. El interrogatorio hiperconsciente es inútil; no revelará una respuesta satisfactoria. Nunca podré convencerme de que no hay más capas de autoengaño, como tampoco podré estar seguro de que, creyendo haber llegado a una comprensión de mí mismo, ésta no se verá perturbada por una nueva persona o acontecimiento. Poco importa si estas ansiedades me las he creado yo mismo o son fruto de interiorizar ansiedades sociales. Sea como fuere, estas cuestiones forman hoy parte de mi deseo. Hoy acepto que esta es mi única respuesta, la única revelación: no tengo respuesta, sólo existe lo que siento en este instante.

Cuando me acompañaste a visitar a mi padre, me contaste después que, cada vez que yo salía del salón, mi padre aprovechaba el momento para desahogarse contándote secretos de familia. Le pediste varias veces que parase, pero no te hizo caso. Le dijiste que no era a ti a quien tenía que contarle todo aquello, pero mi padre insistía en que lo supieras. Más tarde nos reímos de él. Cuando le dijiste que te mudabas de mi casa porque te marchabas a Oxford a vivir con tu novio, el hombre se quedó boquiabierto. «¿Con tu novio? —preguntó—. ¿Pero cómo se las va a arreglar ahora Michael?». Eso parecía confirmar que mi padre se había llevado una impresión equivocada. Y sin embargo, volviendo hoy la vista atrás, no puedo evitar pensar que quizá lo entendía todo mejor que tú y que yo.

Doy una gran importancia a la verdad. Me temo que demasiada. Estoy obsesionado con ella, la busco sin cesar. No quiero perderla de vista en ningún momento. Supongo que no soy tan fanático como Coetzee, pero intuyo que es lo único que me interesa realmente. Al mismo tiempo, esa obsesión me acerca cada vez más a aceptar la imposibilidad de lo que busco. No es que no crea en la verdad o que la considere imposible de conocer. Pero reconozco que hay un sinfín de cosas que pueden apartarte de conocerla o incluso convertirla en algo inalcanzable. Es decir, reconozco en este sentido que la verdad es siempre provisoria. Aun así, perseguirla sigue mereciendo la pena, pues confío en que cada vez que me corrija me acercaré un pasito más a ella, o por lo menos sacaré a la luz algo que antes yacía oculto.

Para ser yo mismo, necesito conocerme. Sin embargo, nunca podré conocerme del todo y aceptar ese hecho equivale a comprenderme tal y como soy. Es la comprensión que proponía Baldwin del «no lo que era, sino quién era», una comprensión de la complejidad humana más allá de categorizaciones simplistas. El autoconocimiento no es algo fijo e inmutable, porque no somos seres fijos e inmutables. La respuesta que dé hoy a quién y qué deseo tal vez no sea la respuesta que dé mañana. Eso no me convierte en un mentiroso; me hace humano. Sin embargo, frente a nuestra humanidad, constato una dolorosa falta de gracia.

La gracia hacia los demás resulta especialmente escasa en la esfera de la sexualidad: gracia en el sentido de autoconocimiento; gracia en el sentido de aceptación y confianza en el relato que cada persona haga de sí; gracia como conocimiento todavía no revelado, que no se impone ni se extrae. Se espera de las personas queer que tengamos una comprensión inamovible y poco complicada de nosotros mismos como jamás se les exige a los heterosexuales.

Coetzee observa que la crítica dostoievskiana de la confesión nos lleva a la antesala de la verdad, cuando se aproxima a la gracia.

La verdadera confesión no viene del estéril monólogo del yo o del diálogo del yo con su propia duda de sí, sino … de la fe y la gracia.

Si la verdad sobre nosotros mismos no puede alcanzarse a través del racionalismo de la hiperconciencia, entonces tenemos que aceptar, tal y como observa Phillips, que tal vez se trate de un conocimiento que no podemos poseer. Al mismo tiempo, a semejanza de la capacidad negativa de Keats, aceptarlo puede atestiguar una fe en formas alternativas de comprensión. El hecho de permanecer entre incertidumbres puede asemejarse a la gracia.

Phillips sostiene que saber lo que queremos nos sirve de consuelo y que usamos ese saber para no exponernos a cambios. Al mismo tiempo, también nos construimos certezas falsas para lidiar con la frustración. La frustración es «algo de lo que nos gustaría librarnos, algo a lo que ansiamos encontrar falsas soluciones … una forma insoportable de duda de sí». Una vez más, la respuesta hay que buscarla en habitar nuestro no saber. No saber lo que queremos tal vez sea nuestro único camino para cambiar.

Así pues, del mismo modo que mi sexualidad, mi condición *queer* es en parte una negativa a vivir en público, una negativa a responder a una pregunta, también es una forma de aceptar que se trata de una pregunta sin respuesta. Es aceptar que podemos permanecer en las incertidumbres. Al dar la respuesta de que puedo ser cualquier cosa, me niego a responder a la pregunta. Así pues, ésta es mi respuesta y, a la vez, mi negativa a responder. Es una negativa a responder tanto porque la pregunta tendría que darnos igual como porque no existe una respuesta válida que yo pueda ofrecer. Si mi sexualidad hubiera de cambiar, si hubiera de evolucionar hacia nuevas formas, no creo que mi respuesta cambiara ni un ápice. Ello se debe en parte a que estoy persuadido de que no se trata de un dato de mi ser que pueda llegar a conocer algún día de forma satisfactoria, pero también a que nadie tiene derecho a conocerlo, lo cual es igual de importante. No respondo porque refuto la pregunta en sí. Y *eso*, para mí, es lo más parecido a un imperativo político y personal.

Hay una faceta de la experiencia bisexual que resulta problemática, y es que la vida sólo puede vivirse, y no pensarse de forma abstracta. Cuando le conté a mi madre que era igual de probable que llegase un día a casa con un novio que con un novia, ella saltó finalmente y me dijo que no entendía por qué era necesario hablar del tema en aquel momento, de una forma abstracta. ¿Por qué íbamos a adelantar acontecimientos? Con el tiempo, he llegado a la conclusión de que, en parte, mi madre llevaba razón. Aunque sepa que puedo tener una intuición de mí mismo que no es preciso poner de manifiesto en el aquí y ahora, también he entendido que esa confusión, ese fluir de mis deseos, puede dejarme desorientado. Esos deseos sólo adquieren realidad cuando los ubico en una persona que deseo *en el ahora*. Es entonces cuando dejan de ser motivo de confusión y devienen un espacio de saber y seguridad.

Todo ello hace que el deseo sea un fenómeno vivencial. Al analizar la infinita capacidad ilusoria del color, Maggie Nelson escribe: «En general suponemos que las propiedades empíricas son propiedades intrínsecas del objeto físico»,[45] y considera a continuación si en el amor se da el mismo caso. Creemos que nuestra experiencia del otro es inmutable y tangible. Sin embargo, como ocurre cuando percibimos el color azul, nuestra experiencia del deseo es relativa; la naturaleza de nuestra relación con el azul, cómo nos relacionamos con él en *ese momento*, tiene un papel igual de importante en cómo lo experimentamos. Nuestra respuesta depende en la misma medida de nosotros mismos y del objeto en sí —«No lees un texto; el texto te lee a ti»—, de suerte que esta relación simbiótica deviene en acto creativo. Es un significado que se renueva en el acto vivencial. O tal y como lo expresa Walt Whitman en «Crossing Brooklyn Ferry»:

¿Qué hay más sutil que esto que me une a una mujer o a un hombre cuando me mira a la cara?

¿Que me funde ahora contigo y que derrama en ti mi significado?[46]

Me he preguntado a veces si este libro no será un salir del armario sin yo saberlo. El texto del que siempre me he sentido más orgulloso, que ha «funcionado», ha sido aquel que al principio me resultaba extraño y que, sin embargo, poco a poco, se me iba haciendo conocido. En este sentido, estoy revelando algo de mí mismo a medida que escribo. Una vez más estoy dando expresión a ese vivir en la incertidumbre: acepto el impulso creativo, cuyo significado me es desconocido y sólo podrá revelarse en la acción.

En un análisis de los ensayos y la autobiografía de Baldwin como un laboratorio para sus obras de ficción, José Esteban Muñoz considera que la última novela de Baldwin, *Sobre mi cabeza*, ofrece un buen ejemplo de su teoría de la desidentificación.[47] En dicha novela encontramos a varios personajes que representan al autor en distintos escenarios, facetas o edades de su existencia, además de los temas centrales del texto, que son el cuestionamiento de la memoria, del relato y de los géneros literarios. Al escribir de una forma tan personal, tan autobiográfica, Baldwin logra una nueva identificación consigo mismo y su pasado, aunque ello suponga también hacerlo ajeno. Muñoz escribe:

… empezamos a atisbar una comprensión de la ficción como «tecnología del yo». Este yo es un yo desidentificador cuya relación con lo social no viene sobredeterminada por una retórica universalizadora de la individualidad del yo. El «yo real» que nace a través de la ficción no es el yo productor de la ficción, sino que es producido por ésta. Los binarismos finalmente empiezan a tambalearse y la ficción se convierte en lo real; es decir, el efecto de verdad de los marcos ideológicos se derrumba como consecuencia de la desidentificación de Baldwin con la idea de ficción. Y ahí no termina la cosa: la ficción se convierte entonces en un campo polémico para la producción del yo.

El acto creativo también queda dislocado —desidentificado—, tal y como manifiesta Jimmy, uno de los personajes de la novela: «La canción no pertenece al cantante. El cantante es encontrado por la canción». En este sentido, nuestra creación nos pertenece y no nos pertenece al mismo tiempo. Es una forma de revelación que nos es propia, pero cuyos orígenes se encuentran más allá de nuestro entendimiento.

Todas nuestras experiencias del deseo son, necesariamente, individuales, salvo cuando son abstractas. Aunque encontremos puntos en común, cuando se trata de una persona, la experiencia sólo puede ser individual. Y, sin embargo, insistimos en que el deseo es, en cierto modo, categorial. Maggie Nelson observa:

Hay gente allí afuera que se molesta cuando le cuentan que Djuna Barnes, en lugar de identificarse como lesbiana, prefería decir «yo sólo quiero a Thelma». Se sabe que Gertrude Stein reivindicaba cosas parecidas respecto a Alice, aunque no exactamente con esos términos. Entiendo por qué es políticamente exasperante, pero siempre me ha parecido un poco romántico: el romanticismo de dejar que la experiencia personal del deseo predomine por sobre la categorial.

¿De verdad ha de importarnos que sea políticamente exasperante? Eso es convertir el amor en posición política, olvidando lo que es en realidad: una experiencia única y personal. Puedo entender el interés político de la solidaridad, aunque me cuestiono al mismo tiempo qué es lo que sacrificamos en su nombre.

Nelson cita un texto de Pema Chödrön en el que ésta afirma que sólo tú, como individuo, puedes saber cuándo «estás usando las cosas para resguardarte y cuidar que tu ego no se fragmente y cuándo te abres y dejas que las cosas se caigan a pedazos, dejando que el mundo sea el que es». Como observa Nelson, ni siquiera así puedes saberlo a veces. El conocimiento de uno mismo es siempre incompleto. Sin embargo, gran parte de nuestro discurso en torno a la sexualidad —y en esto la bisexualidad se lleva la palma— asume que el interesado es el último en enterarse.

La duda y el desconocimiento son partes integrantes de nuestras relaciones humanas. Nunca podremos conocer plenamente al otro y, si nos abandona, tampoco podremos conocer ni comprender plenamente sus razones. No conocer ni comprender la plenitud de nuestros deseos y los de otras personas es algo que tenemos que soportar nos guste o no. Pero soy consciente de que nos desvivimos por encontrarle el sentido a nuestras vidas, por entender nuestro dolor y sensación de abandono. En última instancia, empero, la única salida es aceptar el dolor, aceptar la falta de toda solución.

De pronto te habías marchado y tus respuestas a mis mensajes eran escuetas. A veces una sola palabra. Uno no puede pelearse con el silencio. Tampoco es algo que uno pueda aprovechar. He aprendido que pedirle explicaciones a un silencio eterno sólo te da problemas.

Aun así, te veo en todas partes. Mucho más que antes. Me veo hablando contigo. Las primeras noches lo hacía en la cama. Me giraba hacia la izquierda y entendía que, pese a no conservar nada de ti, por lo menos seguía teniendo tu-lado-de-la-cama. Dormir en tu lado es lo más parecido a abrazarte otra vez.

Ahora te hablo cuando voy por la calle. Sueles burlarte, sueles decirme que me relaje un poco. Y para demostrarme que no eres completamente cruel conmigo, apoyas la cabeza en mi hombro, como siempre hacías, y tomas mi mano. A veces te pregunto por esos textos. Te digo, por ejemplo, ¿por qué lo hiciste? ¿Cómo pudiste dejarme eso como regalo de despedida? Pero tú te limitas a sonreír y giras la cabeza para que tu mejilla descanse más cómoda sobre mi hombro. Porque, obviamente, no tiene ninguna importancia, ¿me equivoco?

La mañana que te fuiste tomamos un tren de cercanías. Tenías que bajarte en la estación Highbury and Islington para tomar un autobús de vuelta a Oxford, mientras que yo iba a continuar hasta el Royal Free Hospital. Casi eran las nueve, el vagón estaba abarrotado, y cuando empezó a frenar me abrazaste y me diste un beso de despedida, e incluso en aquel instante, apretujados entre toda esa gente que se afanaba en salir por las puertas abiertas, me preocupó lo que pudieran pensar los demás. Y me odié por ello, mientras sentía tu lengua en mi boca y mi mejilla sobre el cálido brillo de tu abrigo. Te bajaste del vagón y ya te precedía todo el gentío, mientras caminabas despacio por el andén. Me quedé mirándote: pensé que tenías unos andares ligeramente estevados y

*que arrastrabas un poco los pies con tus Doc Martens; me fijé en
los cascos voluminosos que rozaban el pelo alrededor de tu cuello y
pensé que te abrazaban como una bufanda.*

*Hay algo que me pone triste y me conmueve de esa escena cuando te recuerdo desfilar con la mochila saltando ligeramente sobre
tus hombros. Recuerdo haber deseado pulsar el botón para abrir
las puertas, correr detrás de ti, darte otro beso de despedida, sin
temor, sin tener que preocuparme por nada. Parecías tan solo, tan
aislado en el espacio que se iba vaciando. Pero yo tenía una visita
en el hospital y no habría otro tren hasta pasados diez minutos.
Y mientras nos alejábamos del andén, vi cómo te ibas quedando
atrás y entendí que era la última vez que te veía. Aunque enseguida descarté la idea pensando que era demasiado melodramática.*

*Pero no me equivocaba. Nunca más te volví a ver. Esa iba a
ser la última imagen que tendría de ti. Y ahora no me quito de
la cabeza que ojalá hubiera corrido detrás de ti, por aquel andén.*

Hay gente que haría cualquier cosa por ahorrarse una situación inconcluyente. Mantuve un extenso intercambio con el
director de una revista gay que afirmaba que cualquiera que
se acueste con otros hombres y no se identifique como gay
mantiene esa postura por una homofobia interiorizada. Cuando discrepé, me dijo que no se refería a quienes afirman ser
bisexuales o pansexuales. Yo repliqué que la palabra *gay* no
significaba nada para James Baldwin y que confiaba en que
nadie se atrevería a acusarle de homofobia. Todos tenemos exigencias e identidades distintas y contrapuestas.

Neil Tennant, de los Pet Shop Boys, mantenía una relación conflictiva con su sexualidad, pues no «quería pertenecer a un grupo reducido o gueto». Ramzy Alwakeel sospecha
que, en este caso, no podemos hablar de negación, sino de

que Tennant aceptaba las múltiples facetas de su propia personalidad:

Cuando [Tennant] opina en una de las caras B de *Very* que tal vez «sea demasiadas personas distintas», no necesariamente está reconociendo que ha mentido sobre quién es, sino que, en todo caso, afirma que tal vez sea de verdad al mismo tiempo todas esas identidades contradictorias.[48]

En este desmedido afán por cerrar las definiciones, a la gente se le piden explicaciones por comportamientos que se desvían con respecto a las expectativas sociales, inmiscuyéndose en cómo deberían identificarse. Jimmy Sommerville, cantante de The Communards, y el crítico John Gill censuraron a Tennant por no ser lo bastante explícito sobre su sexualidad. Sin embargo, de la misma forma que Appiah atestigua que la identidad tiene tanto que ver con la inclusión como con la exclusión, Eve Kosofsky Sedgwick observa en *Epistemología del armario* que la identificación «siempre debe incluir múltiples procesos de identificación *con*. También implica identificación *en contra*».[49]

Esto es especialmente cierto para la gente queer de color y constituye la base de la teoría de José Esteban Muñoz en *Disidentifications*, según la cual quienes presentan más de una identidad minoritaria lo pasan peor que nadie. Ello a menudo incluye tener que recurrir a constantes ejercicios de identificación y contraidentificación. Así, por ejemplo, una desidentificación con respecto a «la normatividad de lo blanco en la cultura gay mayoritaria en Estados Unidos». En parte, ese fue el motivo de que Ward se centrara en los hombres blancos en su estudio: «Dado que los hombres blancos han sido entendidos como el modelo ideal de normalidad en lo que respecta a la sexualidad humana convencional, se dedica mucho trabajo y atención a excusar cualquier cosa que hagan».[50]

Desidentificarse es un acto político que planta cara a la ideología dominante, no a través de un alinearse con o contra los actos de exclusión, sino transformándolos. Así pues, tenemos a quienes, como Baldwin, consideran que identificar tu sexualidad supone capitular frente a una exigencia dañina planteada por la ideología dominante que hace de la diferencia sexual una patología. Uno podría llegar a sostener que, basándose en una motivación particular, los hombres blancos heteros del estudio de Ward se están desidentificando. Sin duda, hay motivos enraizados en la homofobia que explican por qué algunos hombres no desean que los relacionen con aquellos que perciben como gais u homosexuales. Sin embargo, también tenemos a quienes presentan un deseo que se dirige tanto hacia las personas de su mismo sexo como a las de sexo opuesto. Para estos últimos, la exclusividad de los términos gay y hetero supone una negación de su experiencia vital. Puedo criticar que rechacen la homosexualidad como algo completamente ajeno, pero ello no me impide reconocer que nuestro lenguaje en torno a la sexualidad no cumple con sus expectativas ni las de otras personas. Tal y como observa Judith Butler: «Puede ocurrir que la afirmación de ese deslizamiento, ese fracaso de la identidad, sea en sí misma el punto de partida de una afirmación más democratizadora de la diferencia interna».[51]

Una vez más, todo se resume en la gracia y dignidad con la que permitamos a los demás hablar de sus propias vidas. Significa un rechazo a la incesante presunción de mala fe. En las elocuentes palabras de Maggie Nelson:

¿Cómo explicar, en una cultura frenética por definiciones, que a veces el asunto sigue siendo confuso? … ¿Cómo explicar que a ciertas personas, o para algunas personas en ciertos momentos, esta falta de resolución está bien, o es incluso deseable … mientras que para otras, o para otras en ciertos momentos, es una fuente de eterno conflicto o pesar? ¿Cómo dar a entender que la mejor manera de saber qué sienten las personas acerca de su género o sexualidad —o cualquier cosa, en realidad— es escuchando lo que tienen que decir e intentar tratarlas como corresponde, sin avasallar su versión de la realidad?

Sin embargo, del mismo modo que la sociedad heteronormativa nos impone el imperativo de ser heteros o, si mostramos algún tipo de desviación, confesarlo y denunciarnos públicamente, también algunos homosexuales pueden dictar nuevos imperativos. A veces, se trata del mismo imperativo —la exigencia de afinidad que se toma erróneamente por solidaridad— que no da cabida a los matices o las diferencias. Pero es que, además, ese imperativo resulta cada vez más ofensivo, dado que fiscaliza las diferencias en el seno de nuestras comunidades al entenderlas como síntomas de represión; no de diferencia, sino de represión.

En un simposio sobre la identidad organizado por la revista *Salmagundi*, Orlando Patterson comentó que todos tenemos múltiples identidades y que cada cual puede eligir la faceta que más le convenga como epicentro de su personalidad:

La cosa se complica cuando quienes han elegido un determinado aspecto como epicentro de su identidad empiezan a insistir en que los demás hagan lo mismo y acusan a quienes se resisten a ello de ser poco auténticos.[52]

Ese reproche va de la mano de una presunción de mala fe. Por ejemplo, la presunción de que un individuo que se muestra abierto sobre su sexualidad pero rechaza identificarse como gay u homosexual no puede hacerlo por razones personales (negarse a que su experiencia sea distorsionada), sino que hay que achacarlo a algún conflicto interior del que no es consciente, a una homofobia interiorizada. Ese tipo de presunción o bien incurre en un esencialismo sexual o bien supone que la forma de ser y vivir con nuestro deseo ha de limitarse a un conjunto de valores predeterminados. Esos nuevos imperativos, que sofocan a gritos a los discrepantes por considerar que no están a la altura de una verdad gay o queer, tienen un efecto homogeneizador en el deseo y marginan a cualquiera que tenga una posición o experiencia distinta al considerarlo no sólo diferente, sino también equivocado. Se crea de este modo un nuevo imperativo que exige a la gente ser gay de una determinada forma.

Esas exigencias son una nueva forma de opresión. Cuando el músico abiertamente gay Tom Robinson se casó con una mujer y tuvo dos hijos a principios de los noventa, la noticia cayó mal en algunos miembros de la comunidad gay. En 1996, Robinson añadió una estrofa a su famosa canción «Glad to be Gay». Decía así:

Well if gay liberation means freedom for all,
a label is no liberation at all.
I'm here and I'm queer and do what I do,
I'm not going to wear a straitjacket for you.

Si liberación es libertad para todos,
una etiqueta no nos libera de ningún modo.

Aquí estoy, hago lo que quiero, soy queer,
no voy a llevar una camisa de fuerza por ti.

El único conocimiento —la única comprensión— que tengo
es la que extraigo de mis vivencias. Basarme en ellas para hacer
afirmaciones de carácter general no funciona ni tampoco es
justo. Puedo encontrar comunión con otras personas margina-
lizadas por nuestra atracción por el mismo sexo; puedo encontrar comunión con quienes también sienten una atracción por
el sexo opuesto que entra en conflicto con su homosexualidad;
siento una gran comunión con quienes ven sus deseos como
algo que les resulta ajeno y es motivo de confusión. Pero decir
que son *iguales* que yo, eso no puedo hacerlo. Nunca lo sabré.
Por ello, asumo que ignoro el significado de esas palabras: gay,
bi, queer. O, en todo caso, ignoro qué significan para los demás. Como descubrió iO Tillet Wright mientras creaba *Self
Evident Truths*, un proyecto fotográfico todavía en curso en
el que documenta las experiencias de estadounidenses que no
se identifican plenamente como heterosexuales, existen «un
millón de tonos diferentes de gay».[53]

Cuando devolví mi título a la Universidad de Oxford, lo
hice en parte porque estaba aprendiendo qué significaba la solidaridad. Mi antiguo *college* había aceptado una reserva de una
entidad cristiana fundamentalista que iba a emplear las instala-
ciones de la facultad para un congreso, mientras los estudiantes
seguían en el recinto, preparando los exámenes finales. Christian
Concern organiza campañas durísimas contra el matrimonio
igualitario, considera que las relaciones gay son contra natura e
inmorales, y apoya las terapias de conversión. La rectora, Frances
Cairncross, no quiso disculparse por el escándalo de que el *college*
hubiera aceptado aquella reserva, y ni siquiera intentó cancelarla.

Entendí, y no fui el único, que el *college* estaba mostrando un doble rasero: si se hubiera tratado de una organización que acosara a la gente por motivos racistas —Britain First o el Ku Klux Klan, por ejemplo— la reserva se habría cancelado. Como mínimo, tuve la impresión de que la inacción de la rectora, a la que se sumaba la grosería de sus respuestas, demostraba un desinterés por los derechos y seguridad de sus alumnos queer.

Nos habíamos conocido la semana anterior. Era un domingo por la noche y fuimos a aquel bar que habían abierto en una antigua capilla. En toda la noche no apareció ni un solo cliente más. Estábamos solos, con el camarero. Te habías teñido de rubio, lo que, sumado a la pasión con la que hablabas, te hacía brillar con un ardiente y blanco resplandor. Lo que en principio sólo iba a ser una copa, o tal vez dos, terminaron siendo muchas más hasta que nos cerraron el local. Y sí, descubrí que te amaba ya en esa primera noche, cuando te vi invocar el recuerdo de esa serie, Absolutely Fabulous, *al gritar «Saff! Saff!» a la gran extensión donde en otro tiempo se habían alineado los bancos de los feligreses. Y entonces empezamos los dos a hacer posturas de yoga sobre las frías baldosas. En un momento dado, arqueé la espalda sobre el suelo, en una versión aproximada de la postura del puente, lo que supongo que en cierta forma era una invitación, o también un puente tendido hacia otras latitudes.*

Durante la semana siguiente intenté ponerme en contacto contigo, pero no obtuve respuesta. Finalmente, me enteré de que te habían pegado una paliza en Notting Hill. No me cabía en la cabeza que alguien pudiera hacerte algo así; quise preguntar por qué. Pero, obviamente, supe por qué había sido. Un amigo común me contó que era algo que pasaba a menudo; otra vez te habían roto el pómulo.

Dándole vueltas a las respuestas de la rectora, me pareció que, pensara lo que pensara —y todavía pienso— sobre los matices, también era necesario apoyarnos los unos a los otros. Sobre todo a quienes amamos. Sabías que era peligroso ser tú mismo, pero te daba igual y seguías siéndolo.

Así que, cuando devolví mi título una semana después, no lo hice por ti, pero sí estaba pensando en ti cuando lo hice.

Al mismo tiempo, he llegado a la conclusión de que solidaridad no significa uniformidad. Existe una diferencia entre aquellos con quienes me manifiesto solidario y aquellos con quienes siento una afinidad.

También reconozco que ser queer tiene cosas especiales. La experiencia y los espacios queer ofrecen posibilidades de intimidad. En su novela, Greenwell describe los momentos efímeros de intensidad que pueden darse en los lugares donde se practica el *cruising*. La experiencia queer puede ser democratizadora en la medida en que amplía los contactos entre personas que, de lo contrario, no se habrían conocido nunca. Goodman dice a propósito de sus propias experiencias que la promiscuidad queer puede ser algo hermoso, que «el uso principal que damos los humanos al sexo —a diferencia de la ley natural de la procreación— es conocer a otras personas íntimamente».[54]

Goodman considera que la distinción entre querer conocer a alguien y querer conocer simplemente su cuerpo no tiene ningún sentido, ya que el sexo puede ser una vía para conocer tanto al otro como a uno mismo:

Una crítica habitual a la promiscuidad homosexual ha sido, obviamente, que ésta, lejos de ser democratizadora, implica una lamentable superficialidad en cuanto a las conductas humanas, convirtiéndose de esta forma en una suerte de arquetipo de la banalidad de la vida urbana masificada. Tengo mis dudas de que eso sea siempre así, aunque tampoco lo sé a ciencia cierta. Como ocurre con las masas que frecuentan las galerías de arte, ignoro a quiénes les habla el arte y a quiénes les deja más perplejos, pero por lo menos algunos de esos visitantes están buscando algo.

La vida queer tiene mucho que enseñar al sexo heterosexual. El sexo puede ser simplemente divertido. La sexualidad puede ser una vía para conocer a alguien. La promiscuidad no es necesariamente superficial o problemática. Al contrario, como le ocurre a algunos de esos visitantes de la galería de arte, puede ser una demostración de que se está buscando algo: significado, intimidad y, en definitiva, el deseo de que sacudan tu ser.

Nuestro lenguaje da prioridad a la duración como medida de trascendencia. Hasta la definición misma de relación está determinada en cierto modo por el tiempo que dos personas llevan viéndose. Pero, ¿a quién corresponde definir una relación? ¿Qué hemos de considerar significativo? La experiencia queer nos enseña que cada manifestación humana de deseo tiene valor. Algunas de mis relaciones más importantes e intensas han sido breves y en ciertos casos ni siquiera físicas. El valor no está relacionado con la duración. Eso es lo que nos dice Walt Whitman y nosotros sabemos que es verdad.

Nunca tuvimos una relación. Puedo contar con los dedos de la mano las veces que nos besamos. Y esa fue la máxima intimidad física que compartimos. Insuflaste a mi vida una libertad que ansiaba con todas mis fuerzas. Perturbaste la urdimbre de mi ser. No sé si te volveré a ver algún día, pero aprendí muchísimo de ti. Recuerdo estar sentado en un pub contigo, al lado de una chimenea, en una fría tarde de mayo. Me hablaste de tu amor por los árboles y coincidimos en que, por más antiguas que sean las estrellas, también los árboles pueden ser impresionantes. Como el haya frente a la abadía de Tewkesbury, que dio sombra a los constructores de la iglesia, al ejército en desbandada en la Guerra de las Rosas, a monjes y niños desde hace siglos. A diferencia de una estrella, podemos acercarnos y tocar ese árbol. Hiciste que las cosas fueran reales para mí. Me demostraste que la vida no sólo puede expresarse en poesía, sino que además puede vivirse en ella.

Cuando te ves cuestionado en tu valor —con mensajes de que vales menos que tus hermanos, menos que tus primos, menos que esos amigos que tendrán hijos, que mejor valdría borrar u ocultar lo que te hace distinto— puedes reaccionar de dos maneras distintas. Puedes dar rienda suelta a tu alegría o mostrarte rigurosamente serio. Si vives alegre, si das la impresión de no tomarte nada en serio, entonces nadie podrá intimidarte, nadie podrá acusarte de nada. Todo será una broma y nada lo será. También puedes mostrarte desafiante en broma. Puedes ser exactamente como quieras ser y de una forma que sea frívola y alegre al mismo tiempo. Un acto de rebeldía desenfadada es tanto una defensa como un ataque. Sin embargo, las preguntas a las que buscas respuesta, las preguntas que interiorizas, cobran tanta importancia que has de dar tus respuestas en serio, aunque sólo sea en tu fuero interno. Porque esas respuestas no son una broma. De ellas depende tu supervivencia.

Me enseñaste a ser alegre. Me dijiste que era una persona sincera y seria, y que por eso habría gente que iba a querer aprovecharse de mí y hacerme daño. Dijiste que tú también eras sincero, pero nunca serio, y que por eso la gente nunca te tomaba en serio, lo que te hacía daño. Decidí tomarme en serio todo lo que hicieras, y quizá fue ahí donde me equivoqué. Por supuesto, también decidí procurar ser más alegre, lo que era la reacción más jodidamente seria que podía haber tenido.

Me preocupa esa idea de que haya algo intrínseco a la homosexualidad. Prescribir un abanico de intereses, conductas y valores representa una forma de esencialismo, basado a veces en precisamente los mismos estereotipos cargados que durante tanto tiempo hemos intentado evitar. Tal vez la única experiencia intrínseca es que todos los que hemos crecido siendo queer, como observó Garth Greenwell, nos hemos criado en un ambiente donde el modelo de vida normal que se nos ofrece no se corresponde con la imagen que tenemos de nosotros mismos. Aunque eso también podría cambiar. Una mayor aceptación de la variedad de nuestros deseos y experiencias sexuales podría facilitar que algunos niños crezcan con progenitores que aceptan y reconocen los aspectos queer de sí mismos, pasados, presentes y futuros.

Me solidarizo con otras personas queer porque las concepciones sociales de la sexualidad provocan que todos nosotros nos veamos relegados a la otredad. Por solidaridad entiendo aquí una reciprocidad o coincidencia de intereses, haciendo honor al significado original del *solidaire* francés, del que procede el término inglés.

Siento afinidad con aquellas personas con las que comparto algo más que un interés común. La afinidad va más allá;

la afinidad es una simpatía o entendimiento espontáneo con otra persona. Su etimología procede del latín, lengua en la que significa literalmente «colindar», de *ad-* (hacia) y *finis* (frontera, linde). Tengo amigos supuestamente heterosexuales que entienden, como yo, que el lenguaje que rodea la sexualidad supone una renuncia y una distorsión. Siento afinidad con quienes lo entienden así y quizá incluso lo sientan en su fuero interno, sean heterosexuales o gais. Mi afinidad va para esos amigos con los que comparto esa forma de ver las cosas y, en consecuencia, colindo con ellos.

También observo puntos en común entre esos gais que niegan mi bisexualidad —niegan el relato que me hago de mí mismo, niegan *cómo me siento* pese a ser una cuestión personal e intimísima— y esos heterosexuales que siempre están fiscalizando cualquier muestra de otredad. Observo puntos en común entre toda la gente que fiscaliza la sexualidad y trata de imponerla según su punto de vista, sean gais o heterosexuales, agresores homófobos o personas que niegan la bisexualidad. No siento ninguna afinidad con quienes niegan mi versión de mí mismo, sean gais o heterosexuales, y presumen estar en posesión de un saber que no les corresponde tener. Observo una afinidad entre quienes erigen la divisoria y la custodian con celo policial y me da igual de qué lado de la frontera estén.

En definitiva, me siento solidario con otras personas queer, pero sólo experimento afinidad con quienes aceptan que la última palabra sobre cómo me siento la tengo yo. Asimismo, también siento afinidad con los heterosexuales que no tienen ningún interés en custodiar la divisoria, porque saben —ya sea por experiencia propia o porque yo se lo he contado— lo porosa y, en última instancia, inhumana que es dicha divisoria.

Aparte de esto, observo mi solidaridad con las personas que pueblan ambos lados de esa frontera artificial. Veo los puntos en común que tienen entre sí, los puntos en común que tengo yo con ellos, pues, antes que nada, todos somos personas. Me preocupa esa dinámica cada vez más acusada en la izquierda, y entre algunas personas homosexuales, de rechazar ciertos puntos de vista al achacarlos a unos supuestos prejuicios o falta de radicalidad. Por ejemplo, cuando algunas personas queer manifiestan solidaridad, pero *siguen* siendo rechazados por no identificarse o comportarse «correctamente», como les ocurrió a Tennant y Robinson. Ese rechazo es una forma de intolerancia, una falta de solidaridad. ¿Por qué mi sexualidad iba a significar o implicar sobre mi forma de ser algo más aparte de quién me atrae? Por más dudas que me susciten los gais encuadrados en partidos conservadores por no interrogarse sobre otras formas de opresión semejantes a las que padecemos nosotros, no puedo aceptar ese esencialismo que obliga a una determinada forma de entender la política. Como tampoco puedo aceptar ese otro esencialismo que parece indicar que a todos los gais les gustan las flores, los musicales y ver Eurovisión; o que todas las mujeres homosexuales llevan el pelo corto, juegan al rugby femenino y prefieren sentar la cabeza.

Una noche fui al teatro con unos amigos, y alguien nos habló de una disco a la que podríamos ir todos otro día. Alguien comentó que ese sitio no iba a gustarle a un chico que no nos había acompañado al teatro, lo que dio pie a una larga discusión sobre si aquello podía ser un indicio de que era un reprimido y padecía alguna forma de homofobia interiorizada. Intervine entonces para decir que a ese chico no solían gustarle las discos y que, tal y como la habían pintado, esa en concreto tampoco me iba a gustar demasiado a mí. Sin embargo, cada vez me da más miedo pensar que esa desconfianza a la que viven expuestos los hombres y mujeres bisexuales esté impregnando otros ámbitos de la vida queer y la izquierda. Olvidamos que podemos mostrarnos solidarios sin tener que ser todos iguales.

Me asusta pensar que todo ello sea prueba de una incesante falta de confianza en nosotros mismos. Una solidaridad que silencie las diferencias achacándolas a una «homofobia interiorizada» no ve con buenos ojos la variedad y la discrepancia en sus propias filas. Sin embargo, como ocurre con las suspicacias que levantan los bisexuales, esa «crítica» hiperconsciente sólo se produce en un sentido. Quienes se cuestionaban esa noche los sutiles motivos de nuestro amigo ausente no se sintieron obligados a reflexionar sobre si su necesidad de que aquel chico compartiera todas sus aficiones podía apuntar a una inseguridad en su propia sexualidad que les impedía sentirse a gusto con alguien que no compartiera todas sus preferencias. A la vista está que sólo obligamos a mirarse en el espejo a los demás, y nunca a nosotros mismos.

¿Por qué narices necesitamos ese espejo?

También se peca de simplismo en ese tercer grado al que se somete a quienes «salen del armario» cuando se muestran reacios a abrazar su nueva y pública proximidad con quienes comparten su orientación sexual. Tras haber presenciado ese preciso instante en amigos y amantes, no me parece que haya que achacarlo siempre a una falta de decisión; *puede ser justamente lo contrario*. Si aquellas personas a las que amas, que te son más cercanas, con quienes compartes tu pasado y tus intereses, no comparten tu deseo sexual, el problema es cómo comprender esa faceta tuya *sin* renunciar a las personas y las cosas que te hacen ser quien eres. En otras palabras, la persona que soy va más allá del sexo de quienes deseo; de hecho, podemos tener más en común —una mayor afinidad— con personas que *no* comparten nuestra orientación sexual. Eso no tiene por qué significar que todas las personas que se hallan en esa situación estén reprimidas o se refugien en la negación. Lo que nos ofrecen esas personas es sencillamente la compleja resolución de todas las facetas que les hacen ser como son. No me parece que esta observación sea nada polémica.

La revista británica *Gay Times* recibió de lo lindo por dar cabida en su web a un blog publicado por Gary Keery, un gay que creció en la Irlanda del Norte de los ochenta, en el que éste se sinceraba sobre la dificultad de superar su homofobia. La reacción fue de casi una universal condena, con respuestas que iban de «Esto es tan lamentable que no doy crédito» a «Mirad: Un gilipollas total». Sin embargo, el autor, lejos de defender las tesis homófobas que había interiorizado, simplemente contaba su experiencia. Una solidaridad que silencia a sus participantes cuando éstos manifiestan sus problemas no me parece que valga la pena. Mención aparte de la falta de compasión hacia alguien cuya experiencia de su sexualidad le ha provocado sentimientos contradictorios, incluida la vergüenza, muchas de las respuestas también exigían que la sexualidad fuera acompañada de una serie de valores e ideas preconcebidos y generales. Quienes se desvían de esas normas son acusados de homofobia interiorizada. Sin embargo, todos somos homófobos, como contó al público la drag queen Panti Bliss en el Abbey Theatre de Dublín:

La verdad es que estoy convencida de casi todos sois seguramente homófobos. Pero yo también lo soy. Sería alucinante que no lo fuéramos. Crecer en una sociedad que es abrumadora y opresivamente homófoba y lograr salir indemne sería un milagro.[55]

Todos nosotros seremos víctimas, en mayor o menor medida, de nuestra homofobia interiorizada. Lo que importa es si podemos reconocerla y aceptarla en nosotros mismos y en los demás con compasión, o si por el contrario preferimos silenciarla. La acusación de «homofobia interiorizada» no sólo representa una estupenda manera de silenciar a otra persona queer, sino que además es una demostración de arrogancia. Al hacerlo, afirmamos que estamos libres de culpa, pero que podemos reconocerla en los demás. La acusación también cumple la función de ordenar a los demás que ignoren al acusado. Les dice: no vale la pena escuchar a esa persona.

Como señaló Ward, Cynthia Nixon fue regañada por tener la osadía de decirle a los estadounidenses que la sexualidad era fluida. Lo mismo le ocurrió a Keery, quien fue condenado por atreverse a manifestar los sentimientos de miedo y vergüenza que las personas queer han de confrontar y superar. Para algunos, silenciar esas voces es más fácil que lidiar con el dolor o los recuerdos de esa misma experiencia. Sin embargo, el psicoanálisis nos dice lo destructiva que esa raíz puede llegar a ser. Muñoz amplía la obra de Kosofsky Sedgwick, quien observó que las formas que reviste la vergüenza, lejos de ser componentes «tóxicos» de una identidad individual o grupal, son en realidad una parte constitutiva de esa identidad en tanto que residuos de su formación. En vez de erradicar los elementos contradictorios, sostiene Muñoz, «un sujeto desidentificador trabaja para aferrarse a ese objeto e investirlo de nueva vida».

No podemos elegir nuestra realidad. Lo que tenemos que hacer es habitarla y adueñarnos de la totalidad de nuestra experiencia.

El lenguaje que rodea la identidad homosexual habitual ha deparado nuevas formas de desconfianza. La dolorosa división entre heterosexual y homosexual depara nuevos binarismos: universalismo frente a particularidad; asimilación frente a radicalidad; normativo frente a transgresor.

Existe aquí una continuidad con la desconfianza que sufren los bisexuales. Tratamos con recelo a quienes se desvían con respecto a nuestras ideas, y sin embargo tratamos en todo momento nuestra posición como si fuera una verdad sencilla e incuestionable. Hay algo profundamente retrógrado en esa corriente social cada vez más extendida que persigue poner en evidencia a los demás y presupone que les mueve la mala fe. Las etiquetas se emplean como instrumento de ridiculización de los demás y no para entablar relación con ellos: blairita, corbynista, tory rojo, Bernie Bro, y demás.* Todas estos calificativos son indicadores de la supuesta mala fe del campo contrario, además de cumplir la función de señalar nuestra capacidad para detectar quiénes son en realidad.

Aun así, todos tenemos que hacer concesiones, encontrar un equilibrio entre una versión de nosotros mismos que sea coherente desde un punto de vista político y la complejidad de nuestras vivencias. Al igual que Maggie Nelson, puedo entender que a algunos les preocupe que sus aliados se manifiesten claramente y en sus propios términos. Sin embargo, como ella misma observa: «*Las personas son diferentes entre sí. Desa-*

---

* En el mundo anglosajón, respectivamente: partidario de ex primer ministro británico Tony Blair, partidario del líder laborista Jeremy Corbyn, partidario del candidato demócrata a la presidencia de Estados Unidos Bernie Sanders. *(N. del t.)*

fortunadamente, la dinámica de convertirse en portavoz casi siempre amenaza con enterrar este hecho». Con todo, ello no ha de eclipsar jamás el imperativo de proteger nuestra verdad personal. Ningún relato que elaboremos de nosotros mismos será fidedigno si está comprometido y distorsionado.

En el simposio sobre la identidad que organizó la revista *Salmagundi*, Robert Boyers defendió la figura de Lionel Trilling. Este último recibió algunas críticas por no ser lo bastante judío, o por evadirse de sus orígenes judíos. Boyers, que lo conoció, se preguntó: «¿Los judíos parecen judíos? ... ¿Han de parecer judíos para tranquilizar a Alfred Kazin o Sidney Morgenbesser de que no están ocultando algo?». Prosiguió diciendo que Trilling había sido exactamente la persona que parecía ser: un hombre complejo que, si se hubiera mostrado consciente de su pertenencia étnica como le exigían algunos, lo habría hecho sólo por guardar las apariencias. A su modo, Trilling fue fiel a sí mismo, «un hombre con múltiples conflictos y ambivalencias».

Mi rechazo en ocasiones vehemente a una afinidad queer general podría confundirse con un deseo subyacente de asimilación. Pero no creo que sea eso, cuanto un rechazo de un determinado tipo de comportamiento grupal queer contra el que nos previene Goodman. Describiendo un cierto tipo de despecho —«la vitalidad de los desvalidos»—, Goodman identifica a uno de sus exponentes en el «fanático excluyente persuadido de que sólo los de su camarilla son auténticos y tienen alma». Nos advierte de que esa clase de comportamientos se autorrefutan, como intentar demostrar que uno tiene sentido del humor es la mejor manera de conseguir lo contrario. Hay una diferencia, pero también una semejanza, entre los reaccionarios que niegan cualquier afinidad con su prójimo queer y los fanáticos de camarilla que niegan toda afinidad salvo con los suyos.

De forma parecida, Appiah nos advierte de los peligros de la guetificación cuando recomienda a quienes se identifican como gais que no sólo hablen entre sí. Afirma que, al margen del color, la cultura, el credo y el país, las personas con las que sentimos afinidad no son necesariamente aquellas con quienes compartimos lo que entendemos por identidad. La identidad es amorfa. La identidad no es determinista. Por encima de todo, lo interpreto como un recordatorio de que nuestra principal solidaridad es nuestra humanidad compartida.

Cuando Goodman describe que su experiencia como intruso le inspiró a «desear una humanidad más primaria, más salvaje, menos estructurada, más abigarrada, y donde la gente prestara atención a los demás», lo que hace es dar voz a mi propia esperanza. Me habla de una diferencia de solidaridad entre lo universal y lo particular; una solidaridad con nuestro semejante oprimido, sea quien sea, pero también un reconocimiento de nuestra común humanidad. La idea de «una humanidad más primaria» nos recuerda a Baldwin; mientras que el «menos estructurada» es un rechazo de nuestra categorización y compartimentación, proponiendo como alternativa asomarnos a nuestra común diversidad. Ante todo, se trata de prestar atención a cada uno de nosotros en cuanto que seres individuales.

Cuando Bindel afirma que «la tolerancia es una cosa, la aceptación tal vez sea un poco mejor, pero la asimilación es una derrota tanto para gais como para heterosexuales», presupone que todos entendemos lo mismo por asimilación; que todos estamos de acuerdo en qué «norma» y en qué valores concretos se están asimilando. También presupone que el simple hecho de que algo sea una norma significa que ha de ser negativo. Es como si nuestra posición como intrusos nos impusiera el imperativo político de renegar de algunas de las cosas que quizá queramos.

No podemos vivir fuera de nuestro contexto. No podemos apartarnos de nuestro pasado. No podemos desandar el camino que nos hizo ser como somos. El psicoanálisis nos muestra que lo primero que debemos hacer es asumir quienes somos; paradójicamente, el cambio sólo es posible si previamente, enfrentados a la contundencia de este hecho, renunciamos a cambiar. En *El hermoso chillido de los cerdos* de Damon Galgut, el narrador reflexiona sobre su valentía, o carencia de la misma. Un luchador por la libertad, al que había admirado, muere asesinado y el narrador se sienta junto a la viuda y reflexiona sobre todo lo que nunca podrá ser.

Había otras palabras tras estas, una confesión esforzándose por ser hecha, pero no pudo salir fuera. Si hubiese podido hablar, puede que hubiese dicho algo como esto: *tu amante que murió era todo lo que yo nunca seré. Aunque me esfuerzo y golpeo, mis gritos son comidos por mi silencio. Andrew Lowell era mi otro yo imposible.*[56]

El psicoanálisis nos enseña que no hay más valentía que la que podemos reunir y que el primer acto de valentía es aceptar nuestras limitaciones. Parte de la angustia del narrador se debe a que no es capaz de ser él mismo. Como no quiere aceptarse a sí mismo tal y como es, se niega la oportunidad de cambiar. Es incapaz de pronunciar las palabras que quiere decir, incapaz de darse la vuelta y mirar a la mujer. Paradójicamente, nuestro deseo de ser distintos de lo que somos puede ser lo que cierra nuestras bocas y paraliza nuestros pies, impidiendo que expresemos y hagamos realidad el cambio que nos gustaría ver.

Todavía hay un rinconcito de mi ser que quiere contentar al niño pequeño que creció en una familia de pueblo, conservadora y anglicana, donde todo lo que cabía esperar de la vida era casarse. No es algo que desee hacer *per se*, sino porque esas son las vidas que han elegido y viven algunas de las personas que más quiero. No me corresponde a mí ridiculizarlas por no ser lo bastante radicales. Reconozco una bondad particular en ese sueño.

David Steiner se refirió durante el simposio sobre la identidad a la figura del general Robert E. Lee, quien fue invitado a comandar los dos ejércitos enfrentados al estallar la Guerra de Secesión en Estados Unidos. Steiner contó que Lee lo pasó muy mal antes de poder decidirse y reconoció que, desde un punto de vista ético, «el Norte era probablemente el mejor bando que podía elegir, pero que, como Sócrates en el *Critón*, terminó diciendo no puedo ser sino lo que soy». Es decir: un hombre de Virginia, un hombre del Sur. Steiner explica lo estúpida —«risible»— que les pareció a sus alumnos la decisión del general, pero se pregunta si la idea de que la educación nos permite percibir nuestra falsa conciencia, o mala fe, es pura soberbia.

¿De verdad creemos que, cuanto más educados estemos, más a salvo estaremos de la realidad que se nos impone, o acaso es posible que nos hallemos, de hecho, ante una doble soberbia y que nuestra fantasía más arraigada sea la fantasía de la liberación?

Si Foucault nos ha enseñado algo, es la futilidad de imaginarnos capaces de salir de los sistemas. Yo no puedo desandar el camino que me hizo ser como soy. No puedo reconstruirme con unas vivencias o un pasado distintos. Sí puedo cuestionarme las premisas y valores de ese pasado, pero no puedo borrar a las personas que me hicieron como soy ni tampoco el contexto que me creó. Ese es mi pasado. Y siempre lo será. Mi meta aquí es simplemente la libertad. Y creo que eso es radical.

Cuando entrevisté a Greenwell para *The White Review*, apunté que su novela logra conservar la tensión de la particularidad de la experiencia queer, los momentos efímeros de intimidad, la posibilidad de una experiencia distinta, al tiempo que reconoce también la dolorosa exclusión a la que se ven abocadas las personas queer. Se nos niega «parte de la benevolencia del mundo», y a veces la consecuencia es la que se expresa en la agotada y conmovedora frase de Mitko: «Quiero tener una vida normal». Esa tensión —entre radicalismo y asimilación, entre particularidad y universalismo— es una tensión interna que toda persona queer vive en su seno, según observa Greenwell.

Ese cisma ha existido en el movimiento LGTB desde sus mismos comienzos, entre ese campo del movimiento que afirma: «Somos como tú, el amor es amor, no somos nada diferentes», y esa otra versión que dice: «No, somos completamente distintos de ti y nuestras vidas, comunidades y expresiones tienen pautas distintas que son valiosas en sí mismas». Esas dos diferencias, entre un deseo de asimilarse y un deseo de reivindicar una diferencia radical, operan también como cisma en el fuero interno de mucha gente queer. Es el tipo de energía contrapuesta que puede ser muy productiva cuando se trata de crear obras de arte o de vivir la vida como obra de arte. En el terreno político, es mucho más difícil de sostener.[57]

No creo que podamos reconciliarnos con nuestras propias contradicciones si seguimos hablando de nosotros mismos como actores políticos. El interés político nos exige negarlas. Sin embargo, esas contradicciones que llevamos a cuestas, como le ocurre a todo el mundo, son irresolubles y lo único que podemos hacer es mostrarlas. La opción de negarlas también supone una renuncia, una versión distorsionada de quienes somos en realidad.

Entiendo la inquietud que rodea el matrimonio igualitario. Entiendo que Greenwell se felicite por la aprobación de la igualdad matrimonial y que al mismo tiempo se preocupe por la asimilación de la gente queer a un sistema que los oprimía y sigue haciéndolo. Reconozco y aborrezco la misoginia institucional del matrimonio, así como el hecho concreto de que sea una institución. Ese radicalismo que ha terminado siendo seña de mi identidad, como consecuencia de mi diferencia, me obliga a aborrecer y desconfiar del frívolo mercantilismo con el que se vende el matrimonio como ideal.

Sin embargo, no puedo negar que, en algún rincón profundo de mi ser, la idea de matrimonio me interpela hondamente. Y ello me demuestra que mi razón, mi visión política, no me tocan tan hondo.

El matrimonio posee para mí la fuerza de un sacramento. Lo digo sin pensar en una confesión concreta, sin convicción religiosa. Al mismo tiempo, he de reconocer que mi mundo está imbuido por la fe. Me parece indudable que algunas cosas tienen una profundidad, una hondura, que nunca deja de resultarnos desconocida. Para mí, el matrimonio posee el potencial de trascender la política y la misoginia cultural que tanto lo han dañado. El matrimonio como sacramento conserva una fuerza. El matrimonio como sacramento, en todas las definiciones que de él nos da el diccionario, es algo que deseo para mí: «un juramento, un compromiso solemne, en especial aquel que es confirmado mediante un ritual», «algo que posee un carácter o significado sagrado», «un misterio», «una enseña o símbolo de algo», «una ceremonia religiosa que concede gracia espiritual a los contrayentes».

Me seduce la idea de un acto, un acto ritual, que posea una trascendencia que siga siendo un misterio para mí. Cuando entro en una iglesia o capilla, enciendo una vela por mi padre. No creo en la vida después de la muerte, en el cielo, en un sentido convencional. Pero la idea de una vela votiva, cuyo humo eleve nuestras plegarias a Dios y, en este caso, nuestro amor y pensamientos a las personas que hemos perdido, un gesto, en definitiva, que habla de algo que va más allá de nosotros, me afecta profundamente, tanto que escapa a mi razón.

Así pues, comprendo los argumentos contra el matrimonio; simpatizo e incluso estoy de acuerdo con el rechazo del matrimonio como institución. Pero no puedo prescindir de la idea de matrimonio como sacramento, ya que toca en mí una fibra que está más allá de mi visión y entendimiento.

Por eso también me habría gustado tanto que me hubieras acompañado a la misa de vigilia en la abadía de Tewkesbury, por la sencilla razón de que me parecía el sitio donde era más probable que encontrásemos a mi padre. Es raro, porque la misa de vigilia quizá es la única ceremonia a la que nunca asistió mi padre, que yo recuerde. Pero como dedicó su vida a aquel edificio, y su coro canta allí todas las noches de entresemana, y su última morada está señalada por un cuadrado de césped y un rosal en el jardín del recuerdo, pienso que es allí donde tal vez pueda encontrarlo. Y, en cierto sentido, supongo que es también el sitio donde se me puede encontrar a mí. En el edificio en el que se casaron mis padres, en el que se casó mi hermana; el edificio donde íbamos a rezar todas las mañanas durante el curso. Quería enseñártelo, para que lo vieras con tus propios ojos.

Pero no lo viste. Y ahora ya no estás aquí y nunca podré enseñártelo. Nunca estuviste destinado a conocer a mi padre, ni siquiera a mis chifladas e irracionales maneras. Ahora enciendo una vela, una para cada uno: una para ti y otra para él. Hay momentos, brevísimos, en los que estáis uno al lado del otro, iluminando la oscuridad. Esas acciones tienen resonancia.

En mi diálogo con Greenwell, tenía problemas con la división entre política y arte. Desde luego, puedo entenderlo: es conveniente, es necesario que hablemos el lenguaje de la política. Si queremos luchar por nuestros derechos, no nos queda más remedio que hacerlo. «La seguridad con la que uno debe hablar en el terreno político del activismo no casa con el terreno artístico, donde reinan la ambivalencia, la incertidumbre y la duda». Sin embargo, esa exigencia supone que tengamos que hablar de nosotros mismos con una simplicidad que nada tiene que ver con nuestra experiencia humana. Ninguno de nosotros debería tener que renunciar a su complejidad como condición para alcanzar la igualdad. Que te traten de forma igualitaria supone no tener que hacer ese tipo de concesiones. Tenemos que vivir con las tensiones que moran en todos nosotros. Son parte de lo que nos hace humanos y no máquinas o eslóganes políticos. Son nuestra humanidad. Son la materia de la que nace el arte.

Entiendo que pueda ser exasperante. Coincido con Goodman en que un escritor puede ser un ciudadano honrado en una comunidad perfecta, «pero es un aliado poco fiable —al ser "poco realista"— en el día a día político». Sin embargo, no me disculpo por ello. En lo que respecta a las vidas queer, el arte tiene una función política, que es recordarnos todo lo que hemos perdido, todo lo que hemos tenido que ceder en cómo hablamos de nosotros mismos y cómo nos vemos. El imperativo político para la gente queer de identificarse, de convertirse en portavoz, borra los matices, las diferencias y la subjetividad individual de nuestras vivencias.

Nelson así lo entiende cuando afirma que es insostenible exigir que cualquiera de nosotros tenga una vida que esté hecha de una sola pieza. Por eso, todos nosotros asimilaremos y transgrediremos, seremos radicales pero también normativos, cada uno a su manera. Ese excepcionalismo que rechaza a los bisexuales por no ser bastante diferentes, o impone que la solidaridad ha de implicar seguir a pies juntillas una determinada línea, confunde la solidaridad con la supresión de toda diferencia. Es la consecuencia de un lenguaje político que ha infectado nuestro ser, la consecuencia de una opresión que nos ha provocado tanta inseguridad que no nos sentimos cómodos con la diferencia.

Basta recordar la gran conmoción que la actriz y activista Cynthia Nixon provocó al describir la experiencia de su sexualidad como una «elección». Mientras que para algunos el *no puedo cambiar aunque quisiera* puede ser un emotivo himno a la verdad, para otros es vergonzoso. Llegados a cierto punto, tendremos que abandonar la tienda de campaña en favor del campo abierto.

Las decisiones no se toman solamente sobre la base del valor o de la radicalidad. A veces no es así en absoluto. Se toman sobre la base de quiénes somos, a quién deseamos y, por encima de todo, lo que es posible para nosotros.

En mi caso, se trata de la persona concreta y de lo que me haga sentir bien. De lo que ambos queramos. En el amor, nadie debería tener que medirse con un ideal fijado por terceros. Mi amor con una mujer es distinto de mi amor con otra mujer, o con un hombre, o con otro hombre. Mi amor no es tuyo; el tuyo no es mío.

Tal y como observa Maggie Nelson, el lenguaje revolucionario puede convertirse en una especie de fetiche: «Tal vez lo que hay que repensar es la palabra *radical*. Pero, ¿hacia qué podríamos orientarnos en su lugar, o por añadidura? ¿Apertura? ¿Es esa una palabra suficientemente buena, suficientemente fuerte?». Lo ignoro. Pero sí sé de dónde vengo y sé que no hay nada que pueda hacer para cambiarlo. También sé a qué personas he amado y que a esos individuos —a quienes he amado por ser como eran, no por su sexo— es adonde quiero encaminarme. En esos momentos no me preocupa ni la asimilación a la sociedad «normal» ni hacer gala de mi radicalismo. Estoy enamorado. Y creo que *ese* es el ideal. Lo digo sin negar que perseguirlo y desearlo sea político. Pero el amor no lo es. Baldwin tenía razón.

Lo que quiero en esos momentos es que solo me preocupe eso. Es entonces cuando la experiencia deja de ser política para convertirse en algo estrictamente personal. Es entonces cuando soy libre.

A veces me pregunto si este libro no será mi forma de no tener que hablar nunca más de la sexualidad. Como tantas otras cosas, es una respuesta que niega la necesidad de una respuesta. Esto es lo que hay, eso es lo que quiero decir. Después de años en los que mi sexualidad ha sido tema de negociación, no quiero más discusiones.

Me da miedo pensar que mis diferencias con algunos amigos gais sean irreconciliables. Y no porque ellos tengan razón y yo no, o viceversa, o porque no nos hayamos esforzado lo suficiente en comprender o valorar el punto de vista del otro, sino porque éste sea uno de esos temas sobre los que no es posible ponerse de acuerdo. Que la identidad, como las creencias religiosas, sea una suerte de dogma: como ocurre en una fe religiosa, podemos compartir algunos de los mismos principios, pero los matices de lo que creemos, el modo en que vivimos y nos movemos en nuestra fe, es diferente. Y siempre será así. El error, así en la identidad como en la fe, es considerar que esas diferencias de perspectiva, de experiencia, son sintomáticas de descreimiento o apostasía.

He aquí la diferencia entre solidaridad y afinidad, la diferencia entre interés mutuo y una relación que es tan estrecha que colindamos.

También es la aceptación de la imposibilidad de un conocimiento total, reconocer que mi deseo siempre será un misterio para mí y que, en consecuencia, el deseo que sientan otras personas ha de ser por fuerza más inescrutable si cabe. Phillips sostiene que no podemos conocer a la gente como criaturas deseantes, que, en lo que respecta a aceptar que los demás son también sexuales, «conocerlos de forma consciente tal vez no sea lo mejor que podamos hacer con ellos, ni tampoco lo más halagüeño». Todo lo que podemos conocer de los demás sólo sirve para revelarnos lo poco que conocemos, «la escasa utilidad de ese conocimiento».

Este proceso de escritura me ha revelado que la única certeza que puedo sostener es mi paradójica certeza en la duda.

Tal y como observa Phillips a propósito de las personas, «en el amor, lo que se revela es que uno desea, sin tener la menor idea de lo que uno desea en concreto». Cabe decir lo mismo sobre la sexualidad. La sexualidad va más allá de con quién mantenemos relaciones sexuales. Dado que el cómo, el qué y el porqué deseamos siguen siendo un misterio para nosotros, la idea de que nuestro deseo, nuestra sexualidad, sólo tiene que ver con el sexo de las personas con las que nos acostamos resulta superficial.

El lenguaje contemporáneo sobre la sexualidad categoriza y convierte en patológico algo que nunca podremos conocer del todo. No es el tipo de cosa que uno pueda conocer. Al mismo tiempo, este mismo lenguaje priva de sus derechos a un gran número de hombres y mujeres para los que los términos «heterosexual» y «homosexual» no son excluyentes, sino simultáneos.

Tenemos que ser creativos con el lenguaje en vez de permitir que éste nos defina. Es preciso que encontremos las palabras que nos hagan renacer como personas nuevas en cada acto amoroso.

La hegemonía del materialismo científico no expresa nuestra realidad vivencial de forma satisfactoria. Tal y como observa Goodman: «La ciencia especializada y su lenguaje neutral rehúyen la experiencia y suponen una estrecha limitación del yo y un acto de mala fe».[58] Sabemos que el mundo que experimentamos es más complejo y misterioso que las descripciones y el lenguaje que de él nos brindan el positivismo y el empirismo.

Una reciente exposición de la obra de Paul Nash en la Tate Gallery incluía un texto mecanografiado sin fechar titulado «Sueños». Cerca del mismo, se podían contemplar sus representaciones del equinoccio de primavera y el solsticio de verano, imágenes en las que aparecían tanto el sol como la luna, ambos presentes en el mismo cielo. Nash escribe:

Las divisorias que a veces suponemos entre la noche y el día —el mundo de la vigilia y el del sueño, la realidad y su otro— no se sostienen. Son permeables, son porosas, translúcidas, transparentes; en pocas palabras, no existen.

De forma parecida, sé que las divisorias entre heterosexual y homosexual, masculino y femenino, son artificiales. Estas divisorias también son permeables, porosas, translúcidas y transparentes. Esa es mi certeza vivencial. La categorización y mercantilización del deseo da como resultado un empobrecimiento de la experiencia.

En su defensa del lenguaje literario frente a las fuerzas del positivismo, Goodman invoca la figura de Percy Bysshe Shelley y su *Defensa de la poesía* como lo único que puede liberar y suturar nuestro mundo fragmentado, un mundo en el que *sabemos* a través de la facultad imaginativa más de lo que nuestra ciencia puede decirnos:

La poesía ensancha la circunferencia de la imaginación ... Nos falta la facultad creadora para imaginar lo que conocemos ... nuestros cálculos han ganado la delantera a nuestra facultad de concebir. El cultivo de aquellas ciencias que han ensanchado los límites del imperio del hombre sobre el mundo exterior ha circunscrito proporcionalmente, por falta de la facultad poética, los límites del mundo interior.[59]

La fuerza del arte reside en su paradójica relación con la verdad. Como observó Greenwell: «La ficción y el arte imaginativo poseen una fuerza o eficacia especial precisamente porque se revuelven de forma acérrima e intransigente contra las pretensiones de verdad». Al mismo tiempo, es esa libertad —libertad frente a lo asertivo, libertad frente a los argumentos— la que permite al arte presentar sus propias pretensiones. Tal y como apunta Goodman, esas pretensiones no son ni podrán ser nunca las pretensiones de verdad que plantea la ciencia:

¿Cómo pueden constituir esas cualidades y facultades de la escritura literaria una justificación para presentar enunciados de verdad en el mismo sentido que los enunciados científicos son ciertos? No lo hacen. *Pero no hay alternativa.* No existe ningún discurso aparte del literario que sea subjetivo y objetivo, general y concreto, espontáneo y deliberado, y eso, aunque sólo sea pensar en voz alta, pone en un primerísimo plano el lenguaje, nuestra principal herramienta de comunicación.

Los escritores no se dedican a «encontrar una verdad confirmable y reproducible», observa Goodman. Como Néstor en la *Ilíada*, los artistas trabajan para hallar sentido a nuestra experiencia, a nuestro ser: en ningún momento disuadió Néstor a los griegos, pero, como sostiene Goodman, «sin duda no les vino mal enfrentarse a su funesto destino con los ojos abiertos».

La capacidad negativa requiere dar un paso atrás, abstenerse de hacer afirmaciones, aceptar que nuestra comprensión es limitada. Se trata de aceptar que no sabemos. Al mismo tiempo, constituye también un acto paradójico de fe. Pues acepta simultáneamente un conocimiento parcial y la creencia en la posibilidad de una comprensión más plena que trascienda esos límites merced a nuestra aceptación de esa misma incertidumbre, limitación y duda. Como observó Paul Ricœur al abogar por una síntesis de la interpretación, lo contrario de la sospecha es la fe:

Indudablemente ya no la fe primera del carbonero, sino la fe segunda del hermeneuta, la fe que ha atravesado la crítica, la fe poscrítica ... Es una fe razonable, puesto que interpreta, pero es fe porque busca, por la interpretación, una segunda ingenuidad ... Creer para comprender, comprender para creer, tal es su máxima.[60]

Ampliando este punto, Ricœur sostiene que lo que está en juego «es el núcleo mítico-poético de la imaginación».

Nelson da cuenta de una conferencia de Anne Carson en la que ésta la introdujo «al concepto de dejar un espacio vacío para que Dios pueda precipitarse en su interior». Ello constituye una aceptación de nuestra capacidad negativa, de los límites de nuestra capacidad para conocer. Es una aceptación semejante a la idea de gracia que plantea Coetzee. Reconocer las limitaciones de la razón —renunciar a los cantos de sirena de un racionalismo hiperconsciente— abre el terreno a la duda y las incertidumbres, pero también al potencial creativo. Ese potencial es el de una intuición más allá de la razón, un espacio vacío para lo que Ricœur denomina «la gracia de la imaginación, el surgimiento de lo posible».

Coetzee manifiesta su simpatía por aquellas personas aquejadas de un pensamiento «trastornado». Conjetura que «la gente raramente —casi nunca, en realidad— actúa movida por la razón: la gente actúa por impulso, deseo, ansia, libido, pasión o humor, y luego disfraza sus motivos a posteriori para que parezcan razonables».[61] Estemos o no de acuerdo con él, lo que es incuestionable es que el deseo no forma parte de los dominios de lo racional y razonable. Esa es una de las cosas que lo hace especial. Y por ello, una vez más, reitero que las proclamas universales sobre nuestro deseo, nuestras sexualidades, como si estas cosas tuvieran un marco común de referencia, carecen de sentido. Tratar de codificar y delimitar el deseo supone negar su propia naturaleza. Esta observación reviste la máxima fuerza para aquellas personas que son bisexuales en mayor o menor medida y cuya forma de pensar acerca de su deseo —nuestra forma de hablar con el lenguaje que tenemos a nuestro alcance— sólo puede ser trastornada.

El imperativo dirigido a las personas queer de que nos justifiquemos es un acto discriminatorio que degrada nuestra dignidad humana. No es una exigencia que se plantee a los heterosexuales: ellos no tienen que justificarse; su deseo no tiene que quedar reducido al lenguaje de la política, de los posicionamientos. Como me dijo Greenwell: «El arte es el campo en el que se pueden mantener las contradicciones sin resolverlas, en una especie de parálisis beneficiosa». Es decir, así en el arte como en la sexualidad y el deseo: un acto creativo que nos revela algo nuevo de nosotros en cada manifestación de deseo. Cualquier otra cosa sería una concesión, una distorsión de nosotros mismos y de los derechos que merecemos. No pienso aceptar que el heteronormativo pueda amar en el lenguaje del arte, pero que yo sólo puedo amar en el lenguaje de la política. Así pues, mi negativa a responder es al mismo tiempo una asunción de la naturaleza incognoscible de la sexualidad y un posicionamiento político paradójico, dado que rechaza el imperativo de ser político. Como dijo Nelson de una amiga: «¿Cómo voy a decirle que *no intentarlo* es lo único que me interesa ahora, el único proyecto que tengo?».

La letra original de «Christine», canción de Christine and the Queens que también publicarían en inglés con el título

«Tilted» [Inclinada], dice en francés: «Je ne tiens pas debout, le ciel coule sur mes mains...». Entiendo la frase tanto en sentido literal —no tenerse en pie, no poder alzarse físicamente, en el sentido de levantarse y también de identificarse con los demás—, como en el sentido lato de un argumento que no se sostiene después de estudiarlo. Mucho más sutil que la letra de la versión inglesa, la canción original nos pide que veamos a «Christine» tal y como es: un ser complejo y no necesariamente coherente. A fin de cuentas, esa es la naturaleza del ser humano. El posicionamiento es político, pero al mismo tiempo rechaza la idea de que un individuo pueda encarnar un posicionamiento político coherente. Por encima de todo, se nos pide que veamos la humanidad de Christine como algo compartido con todos y cada uno de nosotros, pues «el cielo se desliza sobre nuestras manos».

No me sostengo. Mi sexualidad, cómo me *siento*, cómo habito en mí y los valores que abrazo no forman un todo coherente. No se constituyen en una visión política clara, en un pasquín. ¿Y por qué debería ser así? No es algo que se exija a todo el mundo; sólo se exige a quienes de una forma u otra se nos relega a la otredad. Sin embargo, *el mundo también me pertenece*.

Esto es lo que pasó. Estaba a medio camino con este libro cuando me llamaron para darme la noticia de que habías muerto. Después de colgar, pensé que hasta aquí había llegado; era imposible que pudiera pensar o escribir sobre todo esto. Pero entonces entendí que tenía que hacerlo, porque nadie como tú me había inspirado o enseñado tantas cosas sobre tener la valentía de vivir. Te lo debía. Y aún más. Así que intenté escribir pero al final vi que te estaba escribiendo a ti. Te había perdido mucho antes, pero, al volver a perderte, te encontré, porque en la escritura te tenía en mi cabeza. Y cuando me puse a escribir descubrí que me estaba dirigiendo a ti. Y no sólo a ti, también a otros. En cuanto empecé, ya no pude parar y, poco a poco, fui cayendo en la cuenta de que ésta era la única forma de decir lo que necesitaba decir, personal y subjetivamente. Y entendí que, evidentemente, no podía escribir esto sin pensar en ti, porque no habría conocido nada de todo esto si no hubiera sido a través de ti. De toda tu persona.

Agradecimientos

Estoy sumamente agradecido a las siguientes personas por haber hecho posible este libro. Tom Overton y los directores de *The White Review*, Jacques Testard y Ben Eastham, quienes me animaron a continuar este proyecto y me aconsejaron sobre cómo llevarlo a buen puerto. Ambos son referentes para mí por méritos propios. Gracias a Tariq Goddard, Josh Turner y el equipo de Repeater Books por creer en mí y el valor que esto podía tener como libro; a mi agente Karolina Sutton por su paciencia, apoyo y ánimo durante todos estos años; a Garth Greenwell por quedar conmigo y concederme una entrevista; sus respuestas fueron tan agudas y ricas en matices que me ayudaron a encontrar un camino a través de mi propia experiencia. El Consejo de las Artes de Inglaterra me concedió una beca sin la que no habría podido escribir este libro. Estaré eternamente en deuda con dicha institución y con Gemma Seltzer y Charlotte Aston por sus sugerencias. Mis directores de tesis en el Birkbeck College, Toby Litt y Peter Fifield, no sólo me animaron cuando debería haber estado estudiando, sino que además me inspiraron, ayudaron y me encaminaron a vías completamente nuevas de investigación, lecturas y formas de escritura.

He disfrutado del amor y el apoyo de muchos amigos durante la concepción y escritura de este libro. Demasiados para nombrarlos a todos aquí. Han leído borradores, se han prestado a largas conversaciones conmigo y me han escuchado desde el primer día. Sabéis quiénes sois y, para evitar confusiones, voy a decíroslo y daros las gracias de nuevo.

Gracias a Ciara Mulvenna por la traducción al francés. Gracias a Carlos Fishman por escucharme; a Tom Dillon por ser mi primer lector; a Rudy Katoch por darme a conocer *Disidentifications*; a Miquel Bibiloni Pons por demostrar que Paul Goodman llevaba razón; a Jo Humphreys por su amistad y ser mi esposa en otra vida; a Doug Brennan por recordarme qué es importante; y a Jeri Johnson por transmitirme la confianza necesaria a mí y a tantas otras personas para ser nosotros mismos.

Por último, me gustaría hacer constar un agradecimiento especial a Alfie Stroud y Rudolph Slobins. A Alfie por su amor y amistad, por escucharme, por estar de acuerdo y discrepar, por actuar siempre con gracia; nuestras conversaciones han dejado su sello en mi forma de entenderme y en muchísimas de las cosas que pueden leerse aquí. A Rudolph, simplemente, por ser él mismo, con su ejemplo de indiferencia y rebeldía que fueron, y siguen siendo, una fuente de inspiración. Sigo echándolo de menos.

Notas

1. https://www.youtube.com/watch?v=IWRuQ8CJOFg
2. https://www.youtube.com/watch?v=OJwJnoB9EKw
3. https://www.theguardian.com/commentisfree/2013/dec/02/tom-daley-bisexual-sexuality-diver-relationship-man
4. Milaine Alarie y Stéphanie Gaudet, «"I Don't Know If She Is Bisexual or If She Just Wants to Get Attention": Analyzing the Various Mechanisms Through Which Emerging Adults Invisibilize Bisexuality», *Journal of Bisexuality*, vol. 13, n. 2 (Taylor & Francis Group, 2013).
5. Maggie Nelson, *Los argonautas* (Tres Puntos, 2018). En general, y con algunos ajustes, las citas del libro de Maggie Nelson proceden de la traducción española.
6. https://www.dailystar.co.uk/showbiz/372743/Tom-Daley-reveals-he-is-gay-not-bisexual-on-Celebrity-Juice
7. https://www.pinknews.co.uk/2014/04/03/tom-daley-im-definitely-gay-not-bisexual/
8 https://www.theguardian.com/sport/2015/jul/18/tom-daley-i-always-knew-i-was-attracted-to-guys-olympic-2012-diver

9. Quincy Troupe, «The Last Interview» en *James Baldwin: The Last Interview and Other Conversations* (Melville House Publishing, 2014).

10. https://www.bbc.co.uk/programmes/p04bnkc6

11. https://www.youtube.com/watch?v=pa1Ux67rD1Q

12. Ian Thorpe, *This is Me: The Autobiography* (Simon & Schuster, 2013).

13. Nicholas Guittar, «The Queer Apologetic: Explaining the Use of Bisexuality as a Transitional Identity», en *Journal of Bisexuality*, vol. 13, n. 2 (Taylor & Francis Group, 2013).

14. https://www.theguardian.com/commentisfree/2014/apr/20/alan-carr-gay-men-homophobia-camp-prejudice

15. https://www.gq-magazine.co.uk/article/george-michael-interview

16. Michel Foucault, *Historia de la sexualidad 1: La voluntad de saber* (Biblioteca Nueva, 2012).

17. Adam Phillips, *Missing Out: In Praise of the Unlived Life* (Penguin Books, 2013).

18. Lisa Diamond, *Sexual Fluidity: Understanding Women's Love and Desire* (Harvard University Press, 2009).

19. Greta R. Bauer y David J. Brennan, «The Problem with "Behavioral Bisexuality": Assessing Sexual Orientation in Survey Research», en *Journal of Bisexuality*, vol. 13, n. 2 (Taylor & Francis Group, 2013).

20. https://www.ons.gov.uk/peoplepopulationandcommunity/culturalidentity/sexuality/bulletins/sexualidentityuk/2015

21. https://yougov.co.uk/topics/lifestyle/articles-reports/2015/08/16/half-young-not-heterosexual

22. David Halperin, *One Hundred Years of Homosexuality: And Other Essays on Greek Love* (Routledge, 1990).

23. Michael Rocke, *Forbidden Friendships: Homosexuality and Male Culture in Renaissance Florence* (Oxford University Press, 1996).

24. Joe Moran, *Shrinking Violets: A Field Guide to Shyness* (Profile Books, 2016).
25. Robert Aldrich, *Gay Lives* (Thames & Hudson, 2012).
26. http://www.thewhitereview.org/interviews/interview-garth-gre enwell/
27. Marjorie Garber, *Bisexuality and the Eroticism of Everyday Life* (Routledge, 2000).
28. https://www.youtube.com/watch?v=IWRuQ8CJOFg
29. Anana Schofield, «The Difficult Question», en *Alchemy: Writers of Truth, Lies and Fiction* (Notting Hill Editions Ltd., 2016).
30. Milaine Alarie y Stéphanie Gaudet, «"I Don't Know If She Is Bisexual or If Just Wants to Get Attention": Analysing the Various Mechanisms Through Which Emerging Adults Invisibilize Bisexuality», en *Journal of Bisexuality*, vol. 13, n. 2 (Taylor & Francis Group, 2013).
31. https://www.theguardian.com/society/2016/dec/03/being-bi sexual-ruby-tandoh-comment-st-vincent-cara-delevingne
32. Dennis Altman, *Homosexual: oppression and liberation* (Allen Lane, 1974).
33. James Baldwin, *La habitación de Giovanni* (Egales, 2005).
34. Julie Bindel, *Straight Expectations: What Does It Mean to Be Gay Today?* (Guardian Books, 2014).
35. Garth Greenwell, *Lo que te pertenece* (Literatura Random House, 2018).
36. John Donne, *The Major Works*, editado por John Carey (Oxford University Press, 2000).
37. Christopher Isherwood, *Un hombre soltero* (Random House Mondadori, 2005).
38. Rita Felski, *The Limits of Critique* (University of Chicago Press, 2015).
39. J. M. Coetzee, *Cartas de navegación* (El Hilo de Ariadna, 2015).

40. Simon Critchley, *Apuntes sobre el suicidio* (Alpha Decay, 2016).
41. Gary Gutting, *Foucault: A Very Short Introduction* (Oxford University Press, 2005).
42. https://www.youtube.com/watch?v=OfEyzsEwlGE&feature=youtu.be
43. https://www.stonewall.org.uk/system/files/Mental_Health_Stonewall_Health_Briefing__2012_.pdf
44. Lord Houghton, *Vida y cartas de John Keats* (Pre-Textos, 2003).
45. Maggie Nelson, *Bluets* (Wave Books, 2009).
46. Walt Whitman, *Hojas de hierba* (Círculo de Lectores, 2014).
47. José Esteban Muñoz, *Disidentifications: Queers of Color and the Performance of Politics* (University of Minnesota Press, 1999).
48. Ramzy Alwakeel, *Smile If You Dare: Pointy Hats and Politics with the Pet Shop Boys, 1993-1994* (Repeater Books, 2016).
49. Eve Kosofsky Sedgwick, *Epistemología del armario* (Ediciones de la Tempestad, 1998).
50. https://www.thecut.com/2015/08/why-straight-men-have-sex-with-each-other.html
51. Judith Butler, *Cuerpos que importan* (Paidos, 2002).
52. «Identity: A Salmagundi Symposium», en *Salmagundi*, n. 192-193 (Skidmore College, 2010).
53. https://www.ted.com/talks/io_tillett_wright_fifty_shades_of_gay
54. Paul Goodman, *Crazy Hope and Finite Experience: final essays of Paul Goodman* (Jossey-Bass, 1994).
55. https://www.youtube.com/watch?v=WXayhUzWnl0
56. Damon Galgut, *El hermoso chillido de los cerdos* (Baphala, 2016).
57. http://www.thewhitereview.org/interviews/interview-garth-greenwell/
58. Paul Goodman, *Speaking and Language: Defence of Poetry* (Random House, 1972).

59. Percy Bysshe Shelley, *Defensa de la poesía* (Ediciones Península, 1986).

60. Paul Ricœur, *Freud: Una interpretación de la cultura* (Siglo XXI, 2004).

61. J. M. Coetzee y Arabella Kurtz, «"Nevertheless, My Sympathies are with the Karamazovs": A Correspondence», en *Salmagundi*, vol. 10, n. 166-167 (Skidmore College, 2010).